光文社文庫

魔軍襲来

アルスラーン戦記⑪

田中芳《よし》樹《き》

光　文　社

目次

主要登場人物

アルスラーン……パルス王国の若き国王《シャーオ》
ダリューン……パルスの武将。黒衣の雄将として知られる
ナルサス……パルスの宮廷画家にして軍師
ギーヴ……あるときはパルスの廷臣、あるときは旅の楽士
ファランギース……パルスの女神官《カーヒーナ》にして巡検使《アムル》
エラム……アルスラーンの近臣
パリザード……パルス出身の美女。銀の腕環《うでわ》を所持
エステル……ルシタニアの女騎士《セノーラ》
ドン・リカルド……ルシタニアの騎士。記憶を失っていた
アルフリード……アルスラーンにつかえるゾット族の女族長
ザラーヴァント……パルスの武将
ジムサ……パルスの武将。トゥラーン国出身
イルテリシュ……トゥラーンの王族。「親王《ジノン》」と称される
キシュワード……パルスの大将軍《エーラーン》。異称「双刀将軍《ターヒール》」

ジャスワント……パルスの武将。シンドゥラ国出身
クバード………パルスの武将。隻眼《せきがん》の偉丈夫《いじょうふ》
トゥース………パルスの武将。若い妻を三人持つ
イスファーン…パルスの武将。「狼に育てられた者《ファルハーディン》」と称される
メルレイン……パルスの武将。アルフリードの兄
ボダン…………イアルダボート教の総大主教
ギスカール……マルヤム国王。元はルシタニア王国の王弟
ヒルメス………パルス旧王家最後の生き残り。ミスル国で客将軍《アミーン》クシャーフルを名乗る
レイラ…………ハッラール神殿の見習い女神官。銀の腕環を所持
グルガーン……蛇王ザッハークを奉じる魔道士
グンディー……魔道士
ガズダハム……魔道士
ブルハーン……ジムサの弟。現在はヒルメスにつかえている
マシニッサ……ミスルの将軍。ヒルメスの忠臣ザンデを殺害
フィトナ………ナバタイ国からミスル国王に献上された娘。孔雀姫《ターヴース》。銀の腕環を所持
ホサイン三世…ミスル王国の国王

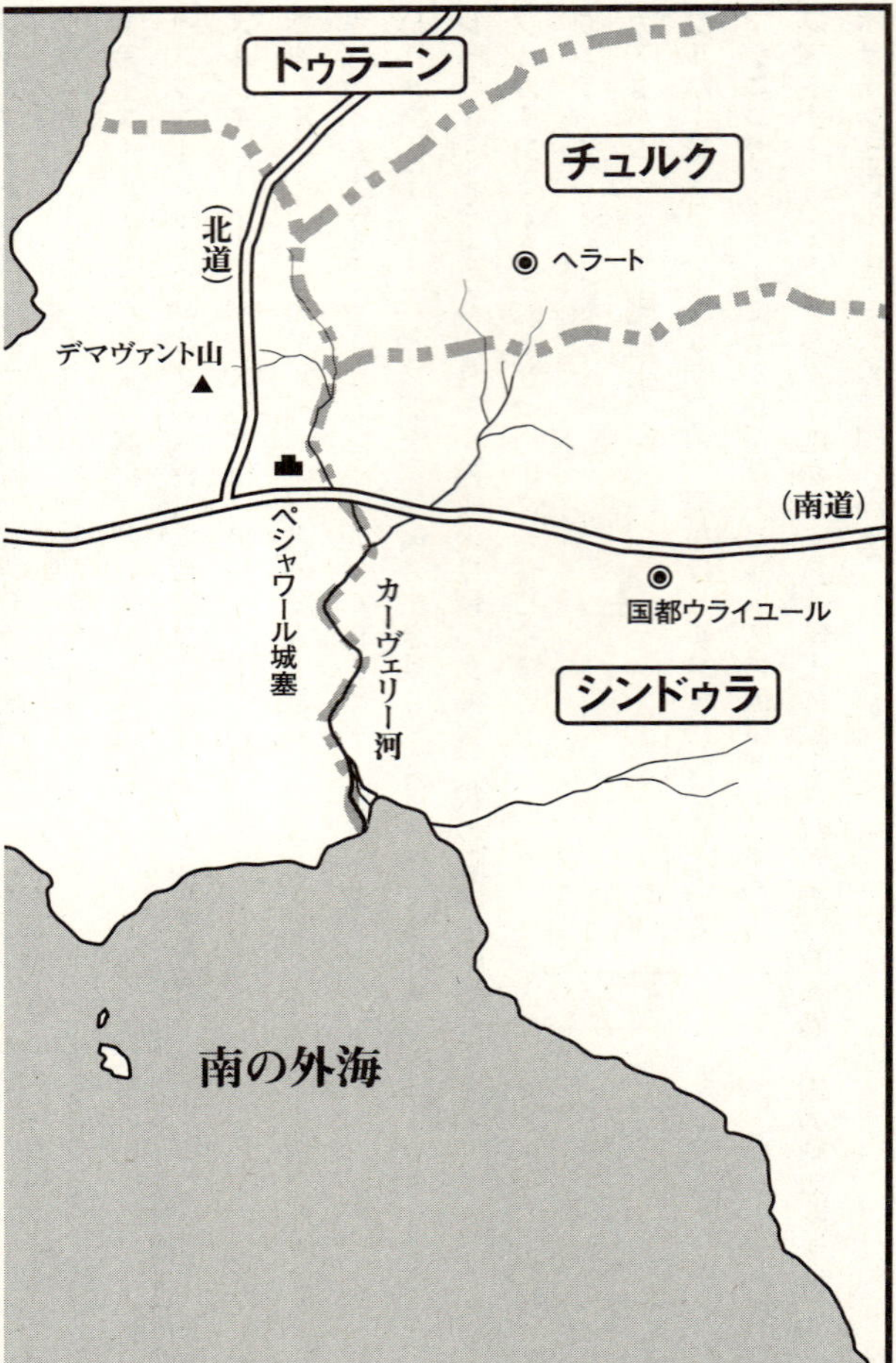

トゥラーン
チュルク
（北道）
ヘラート
デマヴァント山
（南道）
ペシャワール城塞
カーヴェリー河
国都ウライユール
シンドゥラ
南の外海

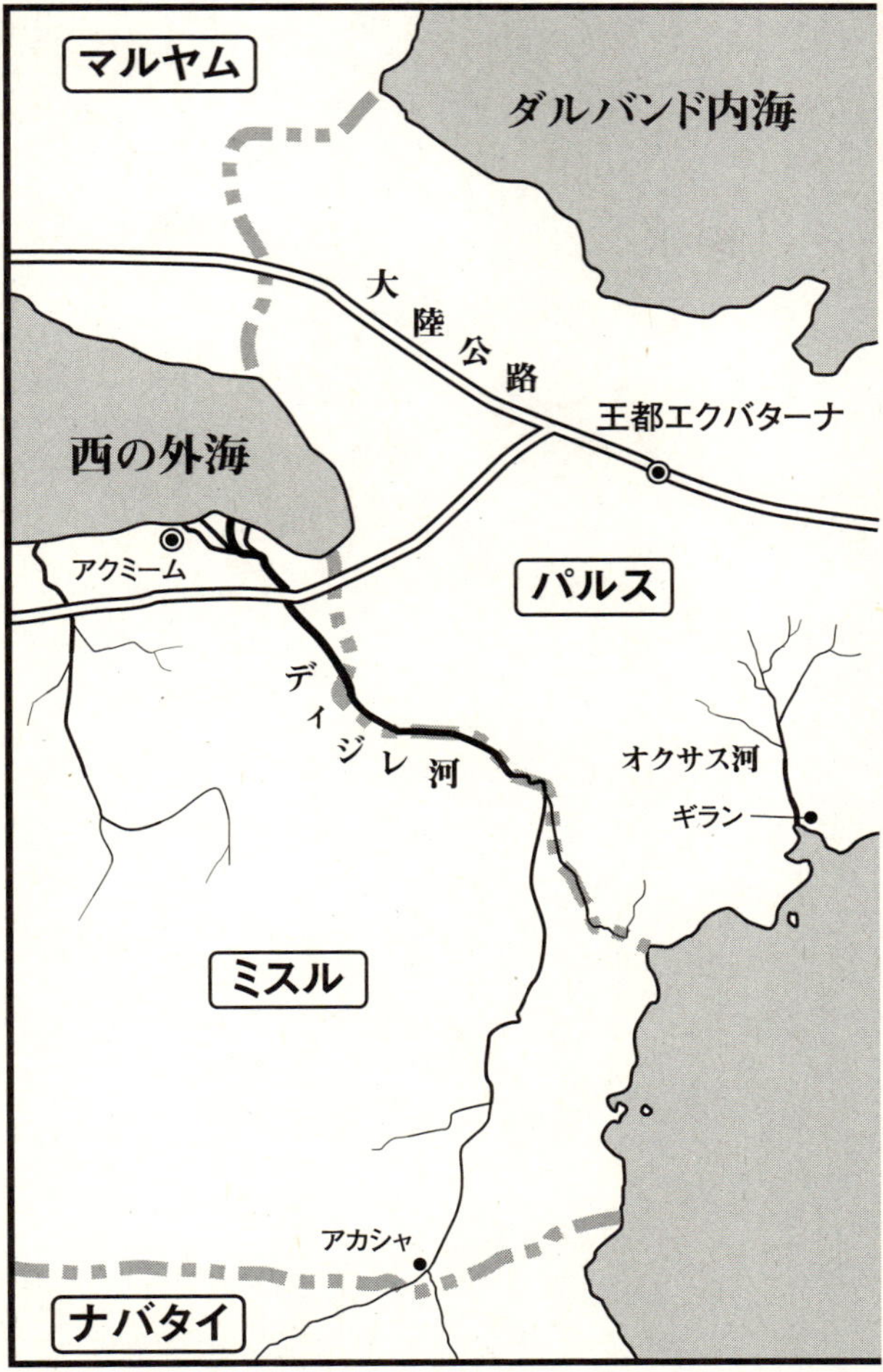

マルヤム
ダルバンド内海
大陸公路
王都エクバターナ
西の外海
アクミーム
パルス
ディジレ河
オクサス河
ギラン
ミスル
アカシャ
ナバタイ

第一章　マルヤムの黒雲

I

はるか頭上に位置する小窓が、白々とした光をたたえはじめた。夜が明けたのだ。石の床にうずくまる人物にとっては、生涯最後の夜明けとなるであろう。まとう長衣は紫と黄金の二色であったはずだが、泥にまみれ、汗や血や尿が浸《し》みこんで、ボロと呼ぶのもほめすぎになりそうだった。

衰弱し、汚れきった人物の前に、堂々たる体軀《たいく》と、質素げに見えて高価な服を着た男が立っていた。

「心地よく眠れたかな、ボダン猊下《げいか》」

生きては牢《ろう》を出られぬ囚人《しゅうじん》に、敬称をつけて呼ぶのは、悪意のきわみであろう。

ボダンは短くうめいた。イアルダボート教の総大主教であり、一時は教皇と称した老人は、いまや敗残の虜囚《りょしゅう》だった。勝者のあつかいは、いちじるしく敬意を欠き、無数のあざや傷が、ボダンの顔や手にみにくい地図をつくっている。

この年一月一日、ギスカールは即位してマルヤム国王となった。その時点では、まだ、教皇と自称するボダンが執拗《しつよう》な抵抗をつづけていた。ギスカールが国王の権威を確立するには、ボダン陣営の城をひとつひとつ潰《つぶ》し、彼の味方をひとりずつ処分していかなくてはならなかった。

「ザカリヤの野で戦ったのが、一昨年の秋。そろそろ一年と八か月か。よくも逃げまわったものだ。だが、ついに運命に見すてられたようだな。ご胸中《きようちゆう》、お察しする」

国王の沈毅《ちんき》な姿や冷静な口調は、したがう騎士たちに畏敬《いけい》の念をおこさせた。これほど憎むべき仇敵《きゆうてき》を前に、冷静さを保っていられるとは、さすがに実力で一国の王者とおなりあそばす御方ではあるまいか。

それがすさまじいばかりの努力の結果であることを、ギスカール本人だけが知っていた。俗言《ぞくげん》にしたがえば、くりかえし車裂きにしてもあきたらぬ。ボダンに対する憎悪は熔岩《ようがん》となって、ギスカールの胸腔《きようこう》を焼きつくさんばかりだった。

それでもなおかつ、ギスカールは、ボダンを公開処刑しようとはしなかった。ボダンを公開処刑すれば、さすがにギスカールに対して批判の声もあがるだろう。何よりまずいのは、ボダンが殉教者になってしまうことだ。

「神への信仰と、ボダンへの妄信《もうしん》とを混同するな。ボダンこそ、神の御名《みな》を騙《かた》る背教者《はいきようしや》なのだぞ。やつとともに地獄に堕《お》ちる愚を犯すな」

舌が疲れはてるほど、マルヤムの新国王は部下たちにいいきかせてきた。

この年ちょうど四十歳になるギスカールは、ボダンの千倍も鋭気と活力にあふれている。彼は地上において為《な》すべきことが多々《たた》あり、枯れたり衰《おとろ》えたりしていられなかった。

ギスカールはボダンの弱々しい雑言《ぞうごん》を聞き流すと、姿勢を低くした。ゆっくりとした口調でささやきかける。

「先日、パルス国より密使が来てな、こう申しこんできたのだ。ボダン総大主教を、戦争犯罪人として引き渡せ、侵掠《しんりやく》と虐殺《ぎやくさつ》の責任をとらせ、もっとも重い刑罰をあたえる、とな」

そのような事実はない。まったくの虚言《うそ》である。だが、ギスカールは、良心に痛みどころか痒《かゆ》みさえ感じない。特別招待席の観客たるボダンに向けて、重々しく、厳粛《げんしゆく》に、演技をつづける。

「ボダンさえ引き渡せば、パルス国はマルヤム国との間に、国交を回復して大使を交換し、貿易も全面的に再開する……そう申しこまれて、ことわる理由はないのだが、予《よ》はことわった」

ボダンのひからびた顔に、さっと生色《せいしよく》が浮かんだ。助かるかもしれない。反射的にそう思ったのだ。あさましく生に執着《しゅうちゃく》する老人の姿を見て、ギスカールは高らかに嘲笑《ちょうしょう》した。

「ほう、安心したか。だが、あいにくだな。マルヤムだろうと、パルスだろうと、きさまが外の景色を見ることは二度とない。きさまをなぶり殺しにする楽しみを、パルス人などに渡せるものか！」

一瞬で絶望の沼に蹴《け》り落とされたボダンは、残された力を振りしぼって呪詛《じゅそ》の声をあげた。

「不信心者め！　邪教徒と通じた悪魔の手先め！　神の代理人たる教皇を敵に売り渡して、貿易の利をむさぼろうと申すのか。こ、この悪逆な背教者めが。地獄に堕ちるぞ。底知れぬ闇の奥底で、永遠の劫火《ごうか》に焼かれ、断罪の刃《やいば》によって斬りきざまれ、苦痛と後悔に泣きわめくのじゃ」

「地獄なら、もう二度ほど堕ちた」

ギスカールの声には、陰々《いんいん》たるひびきがあった。弔鐘《ちょうしょう》さながらに、それは牢獄全体を圧し、ボダンの舌を封じこんだ。

「だから、きさまには三度、とはいわぬ。一度でよい。だが、永久に地上に這《は》い出してこられぬよう、地獄の最下層に堕としてやるぞ」

「ば、罰あたりめが……」

かろうじてうめいただけで、ボダンは声をうしなった。俗物にすぎぬはずのギスカールは、迫力と凄《すご》みでボダンを圧倒したのである。ボダンの権威など、神の名を借りて狂信の色彩を塗りたくったものにすぎない。ひとたびギスカールが、神の威を無視すると決意したら、個人と個人とがむきだしで対峙《たいじ》することになる。

ボダンが勝てるはずがないのだった。

ギスカールは肩ごしに視線を送った。黒い布で顔の下半分を隠した男が三人すすみ出る。

「血は流すな。あとの始末が大変だ」

ギスカールの命令は、忠実に順守された。

筋骨《きんこつ》たくましい三人の刑吏《けいり》が、老い疲れ衰えたボダンを牢の隅《すみ》に追いつめた。腕や肩をつかみ、石の床にねじ伏せる。ボダンの頭部に、厚いミスル麻の袋がかぶせられた。刑吏のひとりがボダンの胴《どう》に馬乗りになり、他のふたりがいかにも重そうな木槌《きづち》を振りかざす。

「イ、イアルダボー……おおお……！」

神の名を称《とな》え終わらぬうち、無慈悲な木槌の一撃がミスル麻の袋に加えられた。重く鈍い音に、くぐもった悲鳴。苦痛によじれる身体《からだ》。

したたかな第二撃。強烈な第三撃。力まかせの第四撃。

声が絶え、四肢《しし》の痙攣《けいれん》が終わっても、くりかえし木槌は振りあげられ、振りおろされた。そのつど牢獄の壁に音が反響する。最初はかわいた硬い音であったのが、しだいに軟らかくなり、湿《しめ》り、ねばついていった。

「もうよかろう、離してやれ」

ギスカールの声で、刑吏たちは木槌をおろし、熱い汗と冷たい汗にまみれて立ちあがった。

血なまぐさい光景は、厚いミスル麻の袋によって隠されていた。割れた頭蓋骨《ずがいこつ》、くだかれた鼻、粉砕された前歯、つぶされた眼、流れ出た脳漿《のうしょう》、あふれる血、裂けた肉、それらはすべて袋のなかに閉じこめられて、ギスカールの眼には触れることがなかった。それでも、布地を通して、胸の悪くなるような臭気《しゅうき》が、わずかにただよってくる。

「屍体《したい》は、あらかじめ命じたとおりに始末せよ」

命じると、ギスカールは踵《きびす》を返した。

皮革と肉をとるため、ミスルから輸入された鰐《わに》が十頭ほど、王宮の裏庭で飼われている。顔をうしなったボダンの屍体は、そこに投げこまれるべく、刑吏たちによって運び出されていった。

II

　東北と西北から二本の河が流れ下り、合流して一本の河となり、平原を割って南の海へ至る。その合流点に、石づくりの都市がある。三方は河にかこまれて、ごく低い石垣があるのみで、北の城壁だけが三階建の家ほどの高さだ。十万人ほどの人々がここに住む。マルヤム王国の王都イラクリオンである。

　マルヤムの国土は、南と西が外海に面し、南の海路はミスル国へ、西の海路は遠くルシタニア国へと通じている。東はダルバンド内海に面し、海路はパルス国へと通じる。北には高く長く険阻《けんそ》な山岳が壁となってつらなり、彼方《かなた》には国さえなく、十いくつかの部族に分かれた蛮人《ばんじん》たちの荒野がひろがるという。

　マルヤムが豊かな時代は、海路による交易が盛《さか》んで、いくつもの港に船と人と物資があふれていた。イラクリオンは、外海に面した諸港市と、内海ぞいの諸港市とを結ぶ街道が、何本も集中する位置にある。交通と物流の要地だが、逆にいえば要害の地ではなく、ルシタニア軍の侵攻を受けて、あえなく陥落《かんらく》したのであった。

「マルヤムに名将なし」

と、勝者たるルシタニア軍は嘲笑したが、敗者にとってこれは酷《こく》な評価だった。ひとりふたりの名将がいたところで、音をたてて崩壊する国を救えるものではなかったのだ。

「もともとイラクリオンそのものを要塞化《ようさいか》して敵を防ぐのは困難だ。海軍力と、海岸の防備とを強化し、敵を上陸させぬこと。これにつきる。イラクリオンは、むしろ積極的に陸上兵力の出撃拠点とし、必要に応じて必要な場所に迅速《じんそく》に移動できるよう、一段と街道を整備しよう。マルヤムの西海岸と東海岸に、同時に敵が上陸するなど、ありえないのだからな」

苦闘をかさねるなかで、ギスカールはマルヤム国の地理に精通するようになっていた。ボダンの敗亡《はいぼう》がさだまった時点で、彼は国内に告文を発している。

「教皇と僭称《せんしょう》するボダンめは死んだも同然。もはや我々の間に、怨《うら》みや憎しみを育《はぐく》む因子は存在せぬ。旧来のマルヤム人と、新来のマルヤム人、手をたずさえて、まったくあたらしい万民《ばんみん》のための祖国をきずきあげようではないか」

ギスカールの抱負《ほうふ》は、「旧来のマルヤム人」たちから見れば、かなりあつかましいものであった。だが、ギスカールがボダンを排除したのは事実だし、彼の政治能力が卓《すぐ》れていることもわかる。かつてのマルヤム王家は滅び去り、ギスカールに対抗しうる強力な指導者がいるわけでもない。ギスカールが差し伸べる手を払いのける理由は、「旧来のマルヤム人」たちには、もはやなかった。

いまやギスカールは、「ルシタニア人」という言葉さえ口にしない。

「ボダン派の残党を狩り出せ。やつらの首をひとつ持参すれば、賞金をやろう。望むなら官職をあたえるぞ。ボダン派こそ、良識ある新旧マルヤム人にとって共通の敵だからな」

こうして、ボダン派が囚《とら》われるのに前後して、何千人ものボダン派が狩り立てられ、聖職者だろうが俗人だろうが区別なく、裁判なしで殺された。血の匂《にお》いにいささか辟易《へきえき》しつつ、マルヤム人たちはささやきあった。

「ルシタニア人ども、あつかましいにも、ほどがある。あれだけ悪業のかぎりをつくしておいて、これからは仲良くしよう、だと」

「奴ら、自分たちに記憶力がないものだから、おれたちマルヤム人もおなじことと思っておるのだろうよ」

「だが、王家の人たちは死に絶えてしまったし、いまさら王家を再興しようとしても不可能だろうなあ」

「あのギスカール王というのは、すくなくともボダンよりは話がわかる。もっとひどいやつが来ていたかもしれんし、そろそろ手打ちしたほうがよさそうだ」

という次第で、ボダンの断罪を条件に、ギスカールへの協力を申し出るマルヤム人があいつぐようになった。

ボダンの処刑をすませて執務室にもどってくると、ギスカールは重臣のひとりを見やった。

「今日以降、旧来のマルヤム人たちをすこしずつ宮廷に登用《とうよう》していくつもりだが、どう思う、コリエンテ侯？」

国王に問われた貴族は、重厚そうな態度をつくって一礼した。

「すべて陛下の御意《ぎょい》のままに。この件において、私めに異見《いけん》はございません」

うまく逃げたな。内心でギスカールは苦笑した。コリエンテ侯はザカリヤの会戦が始まるとき、ボダン陣営の一将であったが、終わったときにはギスカール陣営の功臣であった。劇的な寝返りで、会戦の帰趨《きすう》を決せしめたのである。功によって爵位が伯爵から侯爵に昇格し、王の信任もきわめて厚い、といわれる。

「カステロ卿、いや、トライカラ侯爵の意見は？」

かつてトライカラ城に幽閉の身であったギスカールは、カステロの助けによって脱出に成功した。その後、カステロはザカリヤにおいても力戦敢闘《りきせんかんとう》し、功によってトライカラ侯爵の称号を得たのである。彼は中背ながら均整のとれた身体つきをしており、コリエンテ侯より八歳ほど若く、気鋭《きえい》の印象があった。

「先輩たるコリエンテ侯のご意見に、私めも同意いたします」

「ふむ」

「ただ、陛下ご自身が御手をわずらわせられる必要はございませぬ。ごめんどうなことは陛下の忠実な臣下たる私めにお命じくださいい」

トライカラ侯とコリエンテ侯が、新生マルヤム王国における二大重臣であった。功績もあり、そこそこ才覚もある。これから国王を輔翼《ほよく》し、国づくりを進めていこうという自覚や自負《じふ》もある。それらの点では申し分ないのだが、このごろ、たがいの競争意識が目立つようになってきた。ギスカール王の地位をおびやかすなど考えたこともないが、王のもとでそれにつぐ権勢をふるいたい、と思っているのだった。

ギスカールとしては、このふたりなど意のままにあつかえる。さらに押しすすめたいのは、マルヤム人との融和だった。

「こうなると、どうせ王妃が必要になるのだから、マルヤムの旧王家の女を、誰か生かしておくのだったな」

利己的なことを、ギスカールは考えた。彼は女性を道具としてばかり考えているわけではなかったが、結婚という制度には政治的な意味しか感じていない。それは妻となるべき女性についてもそうであったし、生まれるべき子についても同様だった。どうせ妻子を得るなら、マルヤム旧王家の血がほしい。

「そうだ、マルヤム旧王家の死者たちを盛大に弔《とむら》ってはどうだろう。鏖殺《おうさつ》の罪は、すべてボダンがかぶってくれるし、新旧両派の和解を演出するのに、目下《もっか》それ以上の行事はあるまい」

ボダンのために、ギスカールはどれほど苦難を強《し》いられたことであろう。それを思えば、死せるボダンを政治的に利用することに、ギスカールは何のためらいもない。

さまざまに考えをめぐらせていると、謁見《えっけん》や請願《せいがん》や陳情の書類が、小さな山になって運ばれて来た。目を通していくうち、三番めの書類が、ギスカールの注意を引いた。ルシタニアから渡航して来た者の提出した書類に、知った名がそえられていたのだ。

……その前日、つまり「教皇」ボダンにとって、人生最後の夜を迎える日のことである。ギスカール王の腹心である騎士オラベリアは、宮廷を退出して騎馬で帰宅するところだった。使者としてミスル王国におもむき、帰国の報告をして以来、ギスカール王に謁見する機会がなかなかない。パルス出身の美女パリザードを後宮《こうきゅう》にと上申《じょうしん》する好機もなかった。ギスカールは全身全霊をあげてボダンを追いつめているさなかであり、女色にかかずらう余裕などなかったのである。

「だが、そろそろいいかな。明日あたり陛下にお目にかかって……」

そう考えたとき、若い女の声が耳を打った。

「白鬼《パラフーダ》！　気をつけて！」

通りの一角で、争闘が巻きおこっていた。イラクリオンの治安を乱す盗賊の一団が、まだ完全に陽《ひ》も沈まぬうち、黄金細工の店をおそったらしい。店から飛び出したところ、偶然、ふたりづれの旅人にぶつかり、逃走をさまたげられて剣戟《けんげき》におよんだ、ということのようだ。

見ると、白鬼《パラフーダ》と呼ばれた男は、なかなか強かった。豪勇無双《ごうゆうむそう》とまではいかないだろうが、盗賊の四、五人をひとりで相手どって遅れをとるような人物ではなさそうだ。激しい刃音の間に火花が散る。

「すこし見物させてもらうとしようか。ほんとうに危なくなったら助けてやればよい」

オラベリアがそう思う間に、最初の血が大量に飛び散った。白鬼《パラフーダ》が両手で重い長剣をふるい、盗賊の右肩に撃ちおろしたのだ。あざやかな剣さばきだった。

悲鳴があがり、盗賊は右手の剣と同時に左手の袋も地に投げ出した。袋の口が開き、強奪した黄金細工がこぼれ出て、夕陽にきらめく。

その袋をひろおうとした他の盗賊が、べつの剣に追われて跳《と》びのいた。騎士の旅装をした若い女だ。白鬼《パラフーダ》の同行者《つれ》で、先ほど彼を呼んだ声の主だった。髪を後頭部でたばねて背に垂《た》らし、それが大きく揺れている。二十歳になっているかどうか。さえざえとした印象の美しい娘で、眼の光が強い。

よく見れば、白鬼《パラフーダ》は少壮《しようそう》と呼べる年齢のようだが、髪も髯《ひげ》も真っ白なので、正確にはよくわからない。すくなくとも、動作全体は鋭いし、剣さばきはあざやかで、かなり名のある騎士といっても通りそうであった。

右から撃ちこまれる剣を、手首をかえしざまはねのける。刃鳴りも終わらぬうち、返す一撃、相手の右肘《みぎひじ》にしたたか斬りこむ。骨の割れる音と苦痛の叫び。

六人のうち五人までが負傷し、無傷のひとりは目に見えてひるんだ。短剣を引き、身をひるがえして逃げ出すと、五人の負傷者も傷をおさえ、血を路上に点々と散らしながら、よろめき走る。

白鬼《パラフーダ》と呼ばれる男はあえて追わず、笑いながら剣をおさめた。振り返る。オラベリアと視線があった。

「ドン・リカルド……？」

オラベリアの声と表情が、驚愕《きようがく》に揺れ動いた。彼は馬を飛びおりて駆け寄った。

「こいつはおどろいた。おぬし、生きておったのか！　これまで、どこで何をしておったのだ？　その姿はいったいどうしたのだ!?」

彼は旧友の肩をつかんで、くりかえし揺さぶった。旧友のほうはといえば、親愛の視線も懐《なつか》しさの身ぶりも返そうとしない。困惑の表情でオラベリアを見やる。ためらいがちに問いかけた。

「あんたは……おれのことをご存じなのか?」

「何? 奇妙なことをいうものだな。おれのことを忘れたとでもいうのか。オラベリアだよ。ルシタニアから出征して以来、ともに死線を越えてきた仲ではないか」

旧友は二度、三度、頭《かぶり》を振った。

「おれの名は白鬼《パラフーダ》。いや、この三、四年そう呼ばれているが、本名はわからん。ドン・リカルドというのが、おれの本名なのか?」

真剣きわまる問いを受けて、オラベリアは絶句する。そこへ歩み寄って来たのは、若い女騎士だった。

「事情は、わたくしが説明いたします」

女騎士がそう告げた。その美しさを採点する余裕は、さすがにオラベリアにもなく、いまさらのように確認した。

「おぬしはルシタニア人だな」

「はい、ルシタニアの女騎士《セノーラ》、エステル・デ・ラ・ファーノと申します。亡きバルカシオン伯のもとで、パルス遠征にも参加いたしました」

「ほう、そうだったか」

オラベリアは、かるく目をみはったが、長く考えるでもなく、うなずいてみせた。

「どうも長い話になりそうだし、おぬしらはこの地に着いたばかりのようだ。よければ、おれの家へ来るがよい」

女騎士《セノーラ》エステルと白鬼《パラフーダ》は顔を見あわせて、すこしためらったが、オラベリアが熱心にすすめたので、ついに承諾した。じつのところ、まだ宿を決めていなかったし、オラベリアが宮廷の要人だということであれば、何かとつごうがよさそうである。

「ほう、ルシタニアから国王陛下に謁見するため、はるばるやって来たのか。苦労なことだ。陛下もきっと嘉《よみ》されるであろうよ」

オラベリアがいうと、女騎士《セノーラ》は、質問とも確認ともつかぬことを口にした。

「国王陛下とは、ギスカールさまですね」

「もちろんだ。おお、ここがわが家だ、遠慮せずにはいってくれ」

白い大理石づくりの、りっぱな屋敷である。オリーブや月桂樹《げっけいじゅ》が濃い影を赤土の上に落としていた。涼しげな広間にはいって、女騎士《セノーラ》が気をまわした。

「奥さまがいらしたら、ごあいさつを……」

「いや、おれは独身だ。気がねはいらん。ただ、おぬしらの他に、女の客がひとりおるので、まあ適当につきあってやってくれ」

主人がいい終えるのを待つように、奥から足音が近づいて来た。やわらかく弾《はず》む感じの足音で、女の召使いかと思ったが、形ばかり紗《しゃ》のヴェールをかぶった若い女は、広間にはいってくると、オラベリアに対等の口をきいた。

「あら、あたらしいお客かい」

「こら、パリザード」

屋敷の主が苦言《くげん》を呈《てい》した。

「お前は、いずれ国王陛下にお目通りする身だ。心がけて、つつましくしておれ。悪いようにはせんから、と、ずっといっとるだろう」

「とかいって、いつまであたしをこんなところに足どめしておくのさ。ま、牢獄というわけじゃなし、りっぱなお屋敷ではあるけどね。歌うことも踊ることもできやしないし、退屈で老《ふ》けこんじまうよ」

パリザードと呼ばれた女の視線が動いて、エステルと白鬼《パラフーダ》の姿をとらえた。人なつこい性質のようで、エステルに対しては他意《たい》のない微笑を向ける。白鬼《パラフーダ》に対しては、というと、好奇心と、それを上まわる何かの感情が動いたようで、しばらく視線が離れなかった。

III

あのとき、オラベリアは意図的にドン・リカルドを見殺しにしたわけではない。彼自身、紙一重《かみひとえ》の差で、どうにか死地を脱したのだ。ドン・リカルドが大地の裂け目にのみこまれながら生きのびたなど、想像を絶している。旧友が死んだと思いこんだのは当然だし、その後の変転と激動のなかで、正直なところ、思い出すこともまれであった。

だが、現に生存していたドン・リカルドと再会すると、オラベリアは、旧友に対してうしろめたい気分を抱かざるをえなかった。すくなからぬ借りがある、と思い、旧友を賓《ひん》客《きゃく》としてあつかった。おかげでエステルまで余慶《よけい》にあずかって、天蓋《てんがい》つきの寝台のある客室をあてがわれた。

夕食は、規模こそ小さいが内容は豪華なもので、葡萄酒が六種類、魚貝をふんだんにいれた炊きこみ飯、羊肉と野菜の鉄串焼き、野豚と野兎のシチューなどが食卓にあふれた。座につらなったのは、オラベリア、エステル、ドン・リカルド、パリザードだけだが、給仕する者は十人をこし、屋敷の主はよく食べ、よく飲み、よくしゃべった。

「ルシタニアきっての人材が、パルスの曠野《こうや》に累々《るいるい》と屍《しかばね》をさらした。モンフェラート将軍にボードワン将軍……まったく、おそろしいほどの損失だった」

オラベリアの声が感傷に湿《しめ》った。白鬼《パラフーダ》ことドン・リカルドは、やや当惑した表情だ。

「しかしまあ、残念ながら死者はよみがえらぬ。生き残った者が団結して、ギスカール王に忠誠をつくし、この地に王道楽土《おうどうらくど》をきずきあげるべく、努《つと》めねばならんのだ」

オラベリアはやたらと自分ひとりでうなずきつつ、熱弁をふるった。

「ドン・リカルドよ、おぬしもマルヤムに残るべきだ。おれが保証人になるゆえ、宮廷づとめをするがよい。なあ、女騎士《セノーラ》どの、おぬしからもすすめてくれ」

エステルが応答しないうちに、ふたたびオラベリアは旧友に話しかける。

「おれもいまでは大臣に準じるほどの地位に昇った。苦労が実ったわけではあるが、おぬしとて、ずいぶん苦労したろう。おぬしの文武の才幹《さいかん》と、豊かな経験を生かせば、出世は思いのままだぞ」

ドン・リカルドの当惑をよそに、オラベリアは熱弁をふるいつづけた。ドン・リカルドに対するオラベリアの評価が高いのは、けっして虚言ではない。ただ、純粋な友情以外に、オラベリアには、ドン・リカルドを自分の手元に置くべき理由があった。

現在、マルヤム新王国の宮廷においては、国王ギスカールが権威と権力を独占している。宰相《さいしょう》を置かず、国王独裁の状態なのだ。ギスカール王の才幹と実績を考えれば当然のことだが、その体制が永続するとはかぎらない。ギスカール王が結婚して世子《よつぎ》をもうけるにせよ、統治機構がととのえられるにせよ、いずれ宰相職が設置される可能性は、おおいにある。

ふたりの功臣、コリエンテ侯とトライカラ侯とが、その地位を遠く望んで、派閥づくりを始めたところだ。オラベリアに対しては、双方から働きかけがあり、なかなか心地よい立場だった。

オラベリアは、自分自身で第三勢力をつくるほどの野心はない。現在のところは、であるる。だが、コリエンテ侯とトライカラ侯との勢力争いが顕在化《けんざいか》すれば、どちらを選ぶか決めかねたギスカール王の視線が、中立派のオラベリアに向けられる可能性があるのだ。そこまでうまく事が運ばず、どちらかの勢力に与《くみ》するとしても、その他おおぜいの一員としてあつかわれるか、有力な一派の長として認められるか、今後の宮廷での人生にかかわってくる。

つまりオラベリアは、ドン・リカルドを彼の有能な徒党《ととう》にしたいのだった。べつに悪辣《あくらつ》な考えとはいえない。自分のためでもあり、旧友の利益にもなり、主君たるギスカール王にとっても良いこと、と信じている。

「女騎士《セノーラ》どのも、そう思うだろう」

オラベリアにいわれて、エステルは、無言でうなずいた。彼女にもそう思えたのだ。だが当人にはいささか異《こと》なる存念があったらしい。

「おれは、あんたと行動をともにしますよ、エステル卿」

若い女騎士《セノーラ》にそういうと、白鬼《パラフーダ》はオラベリアにかるく一礼した。

「お言葉はありがたいが、おれは記憶のもどらぬ身。ドン・リカルドと呼んでもらっても、いっこうに実感がわかぬ。ギスカール王とおっしゃる御方のことさえ思い出せぬとあっては、宮廷づとめなど話の外だ」

「ドン・リカルドよ……」

「すべては記憶をとりもどしてからだ。でないと、せっかくのご厚意を、かえって禍《わざわ》いに転じてしまうかもしれん」

「ま、それもそうだな。身元がわかったのだし、あせることもあるまい。おれの他にも、知人がいようし、ゆっくりと身の振りかたを考えればいいさ」

オラベリアは葡萄酒の杯をあおった。酒くさい息を吐き出すと、思い出したように問いかける。

「それにしても、おぬしほどの勇者が、どんな経験をしたのだ。何もなくて、その年齢《とし》で髪が真っ白になるはずはないぞ」

「おそろしいものを見た」

ドン・リカルドの声は低く、答えはみじかい。

「デマヴァント山の地底でか？」

眉《まゆ》をひそめてオラベリアは問うたが、ドン・リカルドは返答できなかった。正確な地名や日時もふくめて、記憶がよみがえったわけではない。恐怖の断片が、春先の雪さながら、はかなく舞っているだけなのである。悪夢を見て夜半に飛びおきるのは、四年前は毎夜のことであったが、いまでは月に一、二度になっていた。

「そのことも、いずれゆっくり聞かせてもらうとしよう。ところで、だいじなことを忘れておった。女騎士《セノーラ》どのがわざわざルシタニアからおいでになった事情は、どのようなことかな」

オラベリアに問われると、エステルは慎重に身の上を語りはじめた。言葉も、内容も、さりげなく選んでいる。

エステルがパルスから帰還して、自分の家に帰り着いたのは、パルス暦でいうと三二一年の末であった。

白鬼《パラフーダ》をともない、荒廃の気配をただよわせる故郷の谷に足を踏みいれると、なつかしさが胸を焼き、涙となって流れ出した。雪まじりの風さえ、温かく迎えてくれるようだった。

帰郷の純粋な喜びは、長くはつづかなかった。エステルを慈《いつく》しんでくれた祖母は前年に亡くなり、祖父は身心ともに衰弱して病床に在《あ》った。生きて還《かえ》った孫娘の姿を見ても、起きあがることもできず、涙を流すだけである。

それでも、祖父は、孫娘が正式に女騎士《セノーラ》の称号を得られるための手筈《てはず》はととのえておいてくれた。エステルの従軍証明書をそえて、請願書を都に送ったのである。同時に多少の金品《きんぴん》を送ったのが効《き》いたのか、半年後に、エステルに騎士の資格をあたえる旨《むね》の通知書がとどいた。祖父の死去する二日前だった。

ささやかな葬儀をすませると、エステルのあたらしい生活がはじまった。といいたいところだが、ルシタニアの国内事情はいっこうに好転しない。土地も人心も荒廃するばかりで、飢饉《ききん》に対しても盗賊に対しても、主なき宮廷は無力だった。エステルの故郷では、ついに耐えかねた有力者たちが集まって、対策を話しあった。

「とにかく王弟殿下にご帰国いただかなくては、ルシタニアそのものが国として存続できぬ。誰ぞご苦労だが、マルヤムまで出かけて王弟殿下にご帰国を請願してくれぬか」

ようやく話がまとまると、一帯の小領主だの騎士だの村長だの、その夫人だの代理人だの、三千人以上の署名があつまった。署名と同時に寄付も募《つの》られ、こちらは署名ほどにはあつまらなかったが、とりあえず少人数の陳情団がマルヤムまで往復できるていどの金額になった。

旅費がととのったところで、陳情団の顔ぶれが選ばれた。まず団長にデ・モーラという老騎士が選出され、彼が同行者たちを選ぶという順序になったが、その一員に、エステルが指名されたのだ。

デ・モーラはエステルの祖父の友人で、どうも孫どうしをいずれ結婚させるという約束を、冗談半分でかわしていたらしい。ところが、デ・モーラの孫は、パルス遠征の途上、マルヤムで戦病死してしまった。デ・モーラは、エステルがパルスで傷病者《しょうびょうしゃ》たちの保護に努めたことを知って感銘を受け、ぜひ同行してほしい、と望んだのだ。

家を離れることにためらいはあったが、考えた末、エステルはデ・モーラの指名を受けることにした。このまま故郷にとどまっていてもどうにもならない、ということは明らかだった。わずかでもマルヤムに希望があるとすれば、それを手にいれたい。

白鬼《パラフーダ》も、護衛役として同行することになった。彼が記憶をなくした身であり、エステルに忠実で、有能な戦士であることは知られるようになっており、異論は出なかった。

この陳情団の旅は、参加した当人たちもあきれるほど、不幸の連続となった。

まず、アルカラという港町に着き、マルヤム方面への船が出航するのを待ったが、なかなか適当な船が見つからない。ひと月近くも待機して、ようやく出航というまさに前夜、老齢のデ・モーラが心臓病の発作《ほっさ》をおこして急死してしまった。

葬儀をすませると、往《い》くか還るかで議論になったが、いまさら中止できない、ということに決定する。半月がかりでつぎの船をさがし、やっとアルカラから出航したが、三日めに暴風雨に遭《あ》った。三日にわたって、陳情団員たちは船室の床をころげまわった。

暴風雨がおさまって、やれやれと思ったのも束《つか》の間《ま》、デ・モーラの後任として団長になったベラスコという人物の姿がない。船内くまなく捜索したが、ついに見つからなかった。どうやら暴風雨のただなかで船から転落し、海にのみこまれてしまったらしい。

寄港地のエスコリアル島で、いったん上陸したが、一行はすっかり気落ちしていた。イアルダボートの神は、ずいぶんと信者たちに厳しく試練を課したまうようであった。

それでもどうにか気を取りなおして、一行はマルヤムへ直行する船を見つけ、前金を支払った。約束の時刻に港に足を運んでみると、待っているはずの船はとっくに出航していた。仲介人と称する男に、だまされたのだ。

仲介人は姿をくらまし、彼と交渉した責任者も行方《ゆくえ》知れずになった。自責の念に耐えかねて逃亡したのか、人知れず自殺したのか、残された者には探る手段もなかった。

ひとり減り、ふたり脱落して、マルヤムの港にはいったのは、故郷を出て四か月後のこと。マルヤムの地を踏んだのは、エステルと白鬼《パラフーダ》だけであった。

……ひととおりエステルが語り終えると、オラベリアはやたらとうなずいた。エステルたちの苦労に感じるところがあったのか、酔っているのか、眠いのか、あるいは全部か。

エステルが、ふと気づくと、パリザードは豊満な肢体《したい》をドン・リカルドに密着させ、葡萄酒をついでやったり、米飯が服にこぼれたら拭《ふ》いてやったり、羊肉をとりわけてやったり、まめまめしく尽《つ》くしている。

「ザンデだって、べつに美男子じゃなかったしね。美しくてもひ弱で薄っぺらな男より、実《じつ》のある武骨者《ぶこつもの》のほうがずっといいさ」

それが若いパルス女の胸の裡《うち》であったが、好意をおぼえたら、パリザードは率直であった。もともと多情多感《たじょうたかん》の質なのだろうが、惚《ほ》れこんでいることを隠そうともしない。見ていてエステルは、不思議といやらしさを感じなかった。

ドン・リカルドのほうはというと、パリザードのように肉感的な若い美女に、あからさまにすり寄られて、悪い気がするはずもない。エステルの故郷にいたときも、近在《きんざい》の娘や、未帰還兵の妻に好意を寄せられて、けっこういい思いもしていたようである。

「おれはルシタニア人だぞ。パルスでお前の親兄弟をひどい目にあわせたかもしれん。それでもかまわんのか」

「かまわないさ」

パリザードは屈託《くつたく》ない。

「第一に、あたしには親兄弟はいない。第二に、あんたみたいなことをいう男は、やたらと他人をひどい目にあわせるような所業《まね》はしないものさ。実際に悪事をはたらくやつほど、悩みや疑いを抱《いだ》かない。どこの国でもおなじだね」

「そうかな」

あいまいに応じながらも、ドン・リカルドは表情をほころばせた。好感を持って、エステルはそのようすをながめた。

「白鬼《パラフーダ》には幸せになってほしい」

エステルは、そう思っている。この三年間、彼を自分の家に同居させ、医者にも診《み》せたが、効果はなかった。記憶を回復せぬまま、白鬼《パラフーダ》は畑をたがやし、羊を飼い、家や柵を修理し、近在の人々に重宝《ちようほう》がられるようになった。

平和な働きばかりではない。

国王をうしない、王弟に見すてられた乱世である。季節ごとの行事であるかのように、しばしば盗賊や私兵集団の来襲を受けたが、そのつどエステルは、白鬼《パラフーダ》と協力して、敵をしりぞけ、故郷の平和を守った。

白鬼《パラフーダ》はなかなかすぐれた戦士で、みずから剣や鎚矛《メイス》をふるって敵を討ちとったが、農民や老人、さらには女性たちを指揮して、用兵巧者《いくさじょうず》ぶりを発揮した。二百人もの敵を油断させて谷間へ引きずりこみ、五十人の味方で潰滅《かいめつ》させたこともある。手腕をほめられると、笑って答えた。

「いや、それほど手ごわい奴らもいないから、おれの手でも何とかなるのですよ」

白鬼《パラフーダ》がそういうのも道理で、およそルシタニアにおいて一人前とみなされる騎士や兵士は、根こそぎパルス遠征に参加し、ほとんど生きて還らなかった。四十万人が出征して、七割は異国の野に屍をさらし、二割はギスカールにしたがってマルヤムにとどまり、故国へもどったのは、せいぜい一割。しかもその半数は、手やら足やら眼やらを異国に置いてきており、生命だけは保ったものの、なかなかもとどおりの働きはできなかった。

パルス人やマルヤム人から見れば、ルシタニア人はことごとく悪逆無道《あくぎゃくむどう》な侵略者でしかないが、彼らには彼らの悲哀《ひあい》や傷心《しょうしん》がある。パルスの戦場で片足をうしなった兵士が、杖《つえ》をつきながらようやく故郷に帰りついてみると、夫はとっくに死んだものと思いこんだ妻は、べつの男と再婚していた。そういった悲惨な例は、ルシタニアのすべての町や村でおこっていたのだ。

エステル以外の三人が、すっかり酔っぱらったところで、宴《うたげ》は終わった。主客《しゅかく》はそれぞれ自室へ帰って寝た。そのはずだった。

Ⅳ

一夜が明けた。

オラベリアが起き出したときには、すでに世界には朝の光が満ちて、鳴きかわす鳥の声よりも、市場の賑《にぎ》わいのほうが大きくなっていた。そのときすでに、王宮の地下牢では、自称教皇のボダンが頭部をたたきつぶされていたのだが、オラベリアは知る由《よし》もない。

オラベリアが仰天したのは、旧友ドン・リカルドの泊まっている部屋に足を運んで扉をたたいた、その直後である。

いささかばつの悪そうな表情で、まだ寝衣《ねまき》姿のドン・リカルドが扉口《とぐち》に立った。その背後、寝台の上で大きく伸びをする若い女の姿に、オラベリアは目と口を最大限に開いた。

「パ、パリザード、お前……!?」

パルスの若い娘は、いっこうに悪びれなかった。いちおう寝衣をまとって寝台から出て来ると、明朗かつ沈着な口調で主張した。夫のいない女と妻のいない男とが、他の何者にも強制されず、どちらか一方が強要したわけでもなく、自由な同意によって愛を交《かわ》したのだから、何の問題もないはずだ、すこしばかり行儀が悪かった点はあやまるが、と。

「うーん……まあ、なってしまったものは、しかたないな」

オラベリアは、いささか、いや、かなり憮然《ぶぜん》とした。彼としては、わざわざミスル国からつれてきたパリザードを、ギスカール王の後宮にいれることができれば、自分の政治力の向上につながると計算していたのだ。それが、まさかドン・リカルドと「くっつく」とは、想像もできなかった。

「こんなことになるなら、パリザードに手を出しておくのだった。みすみす他人に持っていかれてしまうとは」

俗っぽい後悔の念を、オラベリアは抱いたが、パリザードにいわせれば、手を出さなかったオラベリアが悪いのである。機会はいくらでもあったし、パリザードはオラベリアに惚《ほ》れてはいないまでも、嫌ってはいなかった。熱心に口説《くど》かれれば、応じていたにちがいない。

「そういえば、ドン・リカルドのやつ、けっして女に手が遅いほうではなかったな。女騎士《セノーラ》には恩義があるとかいって、恋愛沙汰《ざた》の対象にはしていないようだが」

いずれにしても、ねちねち恨み言をいったり聞いたりしている場合ではない。オラベリアは公用で出かけ、エステルはあわただしく王宮へ拝謁《はいえつ》に参上した。ドン・リカルドはオラベリア邸で待機することになって、パリザードが妙に喜ぶ。

マルヤムの王宮は、パルスのそれに較《くら》べれば規模は半分、豪華さにおいてもおよばない。だが、ルシタニアの王宮より貧弱ではなかった。海上交易による富がつぎこまれ、大理石がふんだんに使われている。かつては至るところに彫刻が置かれていたが、ボダンが偶像《ぐうぞう》崇拝《すうはい》を厳禁したため、すべて破壊されてしまった、ということであった。

謁見《えっけん》用の広間に呼び出されたエステルは、階《きざはし》の下にひざまずき、声の調子と量をととのえた。

「つつしんで王弟殿下に申しあげます」

とたんに式部官《しきぶかん》の叱咤《しった》が飛んだ。

「王弟殿下ではない！　こちらにおわすのはマルヤム国王ギスカール陛下なるぞ！」

「し、失礼いたしました。何とぞご寛恕《かんじょ》をたまわりますよう」

恐縮するエステルの姿を見やって、ギスカールは心につぶやいた。これだ、これだから
おれはルシタニアに帰る気になれんのだ、陛下から殿下へ格下げだからな、この五年間の苦労も悪闘《あくとう》も理解できないやつらが、いったい何を申し立てるものやら。

「まあよい、まだそなたらは慣れておらぬであろうからな。くりかえし、おなじ過誤《あやまち》を犯さねば、それでよい」

ギスカールにそういわれて、ますますエステルは恐縮した。

「ルシタニアより持参いたしたものがございます。ぜひ国王陛下のお目にとめていただきたく」

「ほう、ルシタニアからわざわざ持参したと申すか」

「御意」

「よかろう、見せてもらおうか」

ギスカールは、たいして期待していたわけではない。それでもなおかつ、エステルがわざわざルシタニアから持参した代物《しろもの》に対しては、失望を禁じえなかった。現在のギスカールにとって、これほど無価値なものもない。

「陛下のご帰国を熱望するルシタニアの士人《しじん》と庶民代表の請願書でございます。三千人以上が署名いたしました」

「………」

「何とぞ、ルシタニアへご帰還あそばして、乱れた国をまとめ、苦しむ民衆をお救いくださいますよう」

羊皮紙《ようひし》の巻子《まきもの》十本ほどを階の前にかさねて、エステルはうやうやしく頭をさげる。熱誠《ねっせい》あふれるその姿を見おろし、ギスカールはかろうじて表情を晦《くら》ませた。

「やはり、そういうことか。ありがた迷惑な」

声には出さぬが、百万の舌打ちをひびかせたい気分であった。

ルシタニア国内は、国王の直轄地と、大小の貴族たちの領地とに分かれている。国王の直轄地は一か所にまとまっているのではなく、国内各地に分散しており、それぞれを「県」と称して、合計四十あまりになる。大小の貴族たちのなかには、聖職者もふくまれるが、こちらの領地は二百以上に分けられる。これらが入り乱れて、まだら模様をなしていた。

パルスへの大遠征に参加した領主も多く、その過半数がいまだに帰国しない。ルシタニアの中央では国王も王弟も未帰還、地方では領主不在の土地だらけ、という状況が、三年以上もつづいている。となると、領地の境界線をめぐる争いだの、お家騒動だのがおこらないのが、不思議なくらいだ。

争いの当事者たちは、話しあいがつかないとなると、宮廷へ訴訟を持ちこむ。だが、国王も王弟もいないから、裁定を下す者がいない。ルシタニアへの帰国を求めて来たのは、じつはエステルたちがはじめてではなかった。

ようやくギスカールは思い出した。このうら若い女騎士《セノーラ》には、パルスで一度だけ会ったことがある。その当時、エステルは騎士見習いエトワールと名乗っていた。

パルス暦でいうと、三二一年六月下旬のことだ。エクバターナのパルス王宮はルシタニア軍の占領下にあったが、一夜のうちに数々のことがおこった。まずエステルがルシタニア国王イノケンティス七世への直奏《じきそう》を要請して、ギスカールに追い払われる。つぎに、イノケンティス七世がマルヤム国の王女イリーナ内親王《ないしんのう》に刺され、負傷する。混乱のただなかに、パルス人の若者が出現してギスカールを弓でねらい、さらに銀仮面の男が乱入してきて、イリーナ内親王を奪い、私兵をひきいて逃走した。銀仮面ことヒルメスとの、それが決裂となったのだ。

「そうだ、予はこやつを、国王暗殺の共犯にしたてて殺す、という計画も立てたことがある……すっかり忘れておった。妙な縁だな」

縁を感じたからといって、うれしくはない。階下にかしこまるエステル・デ・ラ・ファーノの姿を見ていると、奇怪な怒りが兆《きざ》すのを、ギスカールはおぼえた。エステル個人に対する怒りではない。

これから三十年もすれば、ルシタニアはいくつかの大きな勢力にまとまって、「群雄割拠《ぐんゆうかっきょ》」の状態になるだろう。さらに五十年か百年もたてば、風雲児とか英雄児とか呼ばれる人物が出現して、ルシタニア全土を再統一し、新王朝の開祖となるかもしれない。いずれにしても、ギスカールの死後の話である。

「もしおれがルシタニアにもどるとすれば、マルヤム一国を完全にかため、充分な兵力と物資をととのえてからのことだ。準備不足で出兵し、ルシタニアを回復することもできず、マルヤムを他人に奪われるということにでもなれば、おれは二か国の歴史に愚者の名を残すことになる。こんなやつの誘いに乗ってたまるものか」

思案をまとめると、ギスカールは玉座《ぎょくざ》から声を発した。

「わざわざルシタニアから、遠路ご苦労であったな。だが、残念ながら、いまルシタニアに帰る余裕は、予にはない」

廷臣《ていしん》たちがほとんど音のないざわめきを発した。うなずく者もいる。

「むしろ、やる気のある者は、マルヤムまでやって来るがいい。才能と意欲に応じて、官職でも土地でもあたえよう。あたらしいマルヤム王国を建設するために、ルシタニアの同胞たちが力を貸してくれるなら、予としても、心づよいかぎりだ」

エステルの声が失望に沈んだ。

「ルシタニアは陛下のご帰国を望んでおりますが、だめでございますか」

「マルヤムは、予がこの地にいることを望んでおるのでな」

そっけなく、ギスカールはいいすてた。

ルシタニアにおいては、彼は、イノケンティス王の弟であるにすぎず、三十万人の出征兵を遠い異郷に死なせた敗軍の将にすぎない。帰ったところで、夫をうしなった妻や、息子に先立たれた父母から、怨みの声をあびせられるだけだ。だが、ここマルヤムにおいては、新王朝の開祖として、戦乱の収拾者《しゅうしゅうしゃ》として、さらにボダンの征伐者として、至高《しこう》の名声を得られるのである。

「始まりはルシタニアではない。ケファルニスだ」

しばしば、ギスカールはそう語った。パルス暦でいうと三二一年の六月、ギスカールはマルヤム王国の西部海岸、ケファルニスの城塞《じょうさい》で兵をあげ、ボダンを打倒して権力を得るに至ったのだ。結実《けつじつ》した苦労ほど、自己賛美の感傷をそそるものはない。「ケファルニス」という名を口にするつど、ギスカールは若々しい熱さにとらわれるのであった。

後年、ギスカールの開いた王朝が「ケファルニス朝」と呼ばれる所以《ゆえん》である。

うつむくエステルの姿を見やって、ギスカールは、暗赤色《あんせきしょく》の打算をめぐらせていた。このうら若い女騎士《セノーラ》を、彼は死なせることにしたのだ。

エステルに罪はない。だが、彼女は、ギスカールに思い出させるのだ。ルシタニアやパルスを。数々の失敗と屈辱《くつじょく》の記憶を。

自分がやろうとしていることの非情さを、ギスカールは充分、承知していた。ルシタニアから来た者どもは、追い返すか、放置しておけばよい。何も冤罪《えんざい》を着せて殺すことはないのだ。だが、このときギスカールの思考は奇妙な方向にゆがんでしまった。

「エステル・デ・ラ・ファーノか。運にめぐまれぬ女だ。せめて教皇を殺害した犯人として、歴史に名を記録してやろう」

V

そう自分にいい聞かせたものの、エステルの落胆《らくたん》は深かった。ギスカールにこれほど明白な拒絶をされるとは思わなかった。「考えておこう」などと、むだな期待を持たされなかったのだから、むしろよかったのかもしれないが、心は重くなるばかりだ。

うなだれるな、肩を落とすな。

何の成果もなく、また四か月かけてルシタニアへ帰らなくてはならないのだろうか。

エステルは、肩を動かして、大きく息を吐き出した。マルヤムに着くや否《いな》やギスカール王の説得に成功して、さっさと帰国できる、などと甘い夢を見ていたわけではない。もともとエステルは楽天的な生まれつきではあったが、数年来の苦労で、跳《と》びはねる前に足もとをたしかめるていどの慎重さは、そなえるようになっている。

「ギスカール殿下、いや、陛下には陛下のご事情がおありにちがいない。だが、旅費まで出してくれた故郷の人々の落胆を思うと、とてもこのまま帰れない……」

有力者と自認するオラベリアに相談したかったが、この日、彼は城外に視察に出ているということだった。

しかたなくオラベリア邸に帰ったエステルは、待機していた白鬼《パラフーダ》に事情を話した。白鬼《パラフーダ》は何となぐさめていいか、わからぬようすである。同席したパリザードのほうは、やたらと明るくエステルをはげました。

「気にすることないよ、エステルさん、帰れない故郷なら、帰れるまで帰らなきゃいいのさ」

「あなたはパルスへ帰りたくないの？」

「べつに」

と、パリザードの返答は、明快をきわめている。

「まあ、もっと年齢《とし》をとったら、どういう気になるか、わからないけどね。恋と歌とおいしい料理は、どこの国にもあるはずさ。ついこの前までは、ミスルにいて、まずまず楽しくすごしていたし」

「ミスル国にいたの？」

「そうだよ」

「どんな国だった?」

「まあ、ほどほどに住みやすい国だったよ。王さまはあんまり好きになれなかったけどね」

ここで白鬼《パラフーダ》ことドン・リカルドが口をはさむ。

「どうしてミスル国を出てきたんだ?」

「それはまあ、いろいろあってさ」

パリザードは口をにごす。何があったかくわしい事情はまだ他人に話すな、と、オラベリアに厳しくいわれているのだ。それでもつい、話がそちらへと近づいていく。

「いちおう亭主みたいな男もいたんだよ。ザンデといってね、あ、やかないでおくれ」

「誰がやくか」

「ほんとにいい人だったよ。かわいそうに殺されてしまったけど、あれで、もうすこし思慮が深かったら、小さな国の王さまぐらいなれたかもしれないね」

パリザードの台詞《せりふ》は、故人を惜しんでいるようでもあり、その限界を皮肉っぽく指摘しているようでもある。エステルは、パリザードの表情を観察しながら、重大な質問を発した。

「そんない い人が、どうして殺されたの?」

「陰謀《いんぼう》に巻きこまれたんだよ」

「陰謀？」

「ミスルの宮廷ぐるみの陰謀さ！」

小さいが強い調子の声でいうと、パリザードは、両手で口をおさえた。これ以上しゃべるとまずい、ということに気づいたのだ。

白鬼《パラフーダ》ことドン・リカルドが何やら考えこんだ。

「ドン・リカルド」

呼びかけたが、返答がないので、エステルは声を大きくした。

「ドン・リカルド！」

これまで白鬼《パラフーダ》と呼ばれていた男は、目をさましたようにエステルを見返した。

「ああ、すまん、おれのことだな。どうにも実感がわかなくて……で、エステル卿、何か？」

「急に話を変えるようだけど、名前もわかったのだから、ルシタニアにもどったら、故郷に帰ってみたら？　旧知《きゆうち》の人にも会えるだろうし、記憶もよみがえるかもしれないよ」

「そうだな……」

白鬼《パラフーダ》ことドン・リカルドは、自分自身の心の在処《ありか》を求めるように視線を放った。故郷という言葉は、漠然となつかしさを誘う。だが、故郷に関する記憶も、よみがえらずにいるのだから、それ以上になりようがない。

不意に、ドン・リカルドが、低いが鋭い声を発した。

「ふたりとも、ここを動くな」

エステルもパリザードも、同時に息をひそめ、手足の筋肉に緊張を走らせた。ふたりとも、それぞれに死地《しち》をくぐりぬけた経験がある。夜気にまぎれこむ危険な匂いを感知したのだ。

ドン・リカルドは足音をころして窓辺に長身を寄せた。右手は短剣の柄《つか》にかけている。マルヤムは初夏から盛夏《せいか》へとうつる時季で、開いたままの窓から涼気が流れこんで来る。涼気だけでなく、いまや敵意までもが。

無言のまま、ドン・リカルドは窓枠を躍りこえた。

一瞬の間をおいて、異音がたてつづけに夜気を引き裂いた。いくつかの足音、怒りと狼《ろう》狽《ばい》の叫び、そして刃音。

激しい息づかい。何かを殴《なぐ》る音。

数種類の音が入りみだれ、明らかに人の倒れる音がした。それもひとつではない。

ふたりの女性はドン・リカルドの指示にしたがっていたが、限界が来た。

でいる。

「白鬼《パラフーダ》！」

思わず、呼びなれた名を呼びながら、エステルも窓を乗りこえた。右手に長剣をつかんでいる。

あわただしく走り去る、いくつかの足音。石畳《いしだたみ》の上に点々と血が落ちて、月光に青黒く光っている。

ドン・リカルドがうつ伏せに倒れていた。エステルは悲鳴をこらえ、ひと呼吸おいてパリザードを呼んだ。ふたりがかりで、大柄な男の身体を広間に運びこむ。

パリザードは身をもんで歎《なげ》いた。

「ああ、あたしはどうしてこうも男運が悪いんだろう。あたしに惚《ほ》れた男は、みんな非業《ひごう》の死をとげてしまうんだもの」

エステルが布を水で冷やして、ドン・リカルドの顔をぬぐったとき、声がした。

「おい、かってに殺さんでくれ」

それは弱々しい生者の声であって、死者の声ではなかった。パリザードは高く、エステルは低く、喜びの声をあげた。ドン・リカルドは頭をおさえながら上半身をおこした。

「無理してはいけない」

「そうだよ、ずいぶん血が出てるよ」

「これは赤葡萄酒だ。すこしは真物《ほんもの》の血もまじっているが……瓶《びん》でなぐられた。昼間の盗賊どもだ。意趣《いしゅ》返しに来たらしい」

ドン・リカルドは力強い声を出そうとしたが、完全にはうまくいかなかった。だが、ふたりの女性を見やる眼に、明晰《めいせき》な光がある。

「思い出した」

ドン・リカルドの言葉を聞き、意味をさとって、女性たちは、かるく息をのんだ。

「思い出したって、それじゃ、記憶がもどったのかい!?」

「うむ、思い出した。おれの名はドン・リカルド。二十二歳でルシタニア王国の騎士の資格を得た……」

いまごろ召使いたちがやって来たので、エステルはドン・リカルドのために水をたのみ、彼を椅子にすわらせた。

ドン・リカルドは、オラベリアと並んで、ギスカールの信任を得ていた騎士だった。まだ若いので、一軍を指揮するような立場ではなかったが、いずれそうなるだろうと思われていた。勇敢で武技に長じており、下級の兵士たちに対しても公正だった。

ドン・リカルドの公正さについては、むしろパルスの神々が嘉《よみ》してくれるかもしれない。四年前、デマヴァント山で、ドン・リカルドは、パルス人どうしの争闘《そうとう》を目撃した。それはギーヴが単騎《たんき》で、ヒルメス一党と対峙《たいじ》したときの光景であったのだが、そのとき彼はオラベリアにいったのだ。

「何と、多勢に無勢ではないか。騎士道にもとること、はなはだしい。助勢《じょせい》せずともよいのか」

僚友《りょうゆう》たちは同意せず、しかも直後に大地震が生《しょう》じたので、せっかくのドン・リカルドの公正さも、結実しなかった。山がくずれ、大地が割れ、岩が飛び石が舞うなかで、オラベリアはかろうじて死地から脱した。そしてドン・リカルドは石や砂の滝とともに暗黒の淵《ふち》にのみこまれ、自分の名を何年にもわたって忘却《ぼうきゃく》の池に投げこんだのだ。

「おれはパルス国の地底深くで、おそろしい、おぞましいものを見た……あれは、あれは、いつのことだったか……いまは何年なのだ？」

VI

年月日の確認がおこなわれた。

ドン・リカルドがパルス国東部の奇怪な山中で行方不明になったのは、パルス暦でいうと三二一年六月のこと。現在は三二五年六月であるから、ちょうど四年が経過したことになる。当時、ドン・リカルドは三十歳になったばかりであった。現在は三十四歳という計算になる。

「そうか、四年になるか……ありがたいことに、その四年間の記憶は逃げないでいてくれた。エステル卿には、御礼の言葉もない」

義理がたく頭をさげるドン・リカルドに、パリザードが尋《たず》ねた。いったいどんなおぞましいものを見たのか、と。

「目をみはるような巨人の影で、そう、肩から蛇がはえていた」

あまりにも奇怪な話だが、エステルがおどろいたのは、パリザードの変化だった。快活さと陽気さが一瞬で鳥のように飛び去ったのだ。

「そ、そ、それは、それは……」

パリザードの声がほとんど裏返り、本来は血色《けっしょく》のいい顔が白っぽくなった。肉づきのよい肢体が、見てわかるほどに慄《ふる》えている。手から物をとり落とさなかったのは、最初から何も持っていなかったからにすぎない。

「パリザード、どうしたの？」

あわててエステルはパルス人の娘をささえた。ひざがくずれて、パリザードはあわや床にへたりこむところだった。

「あ、あ、あんたが見たものは、見たものは、ザ、ザ、ザッハーク……だよ！」

ドン・リカルドに向けた指は、烈風に吹かれる小枝さながらに揺れていた。

「おい、パリザード……」

「あんたが見たものは、蛇王《へびおう》だ」

「蛇王？」

「へ、蛇王、蛇王ザッハークだよ！」

パリザードの恐怖は、パルス人なら理解し共有することができる。だが、この場にいるパルス人は彼女ひとりだった。

エステルとドン・リカルドは、唖然《あぜん》として顔を見あわせた。パルス人でない彼らには、パリザードの恐怖が実感できない。陽気でおおらかなパルス娘の恐怖と狼狽《ろうばい》ぶりは、むしろ滑稽《こっけい》なほどだった。ドン・リカルドなど、彼自身が抱きつづけていた地底での恐怖を、奇妙に遠く感じたほどである。

ドン・リカルドが腕を伸ばすと、パリザードは夢中で彼にしがみついた。なだめようとして、ドン・リカルドはエステルの声を耳にした。

「そうだ、わたしは聞いたことがある。ザッハークの名を」

恐怖ではないが深刻なひびきの声だ。

「豪胆《ごうたん》なパルスの騎士たちが、ザッハークの名を聞いて、顔色を変えた。笑ってはいけない、あれはほんとうにおそろしいものなのよ」

「ザッハーク、そうか、あれはザッハークというのか」

ドン・リカルドの声は、なお硬くはあったが、恐怖の色は薄かった。正体が知れず名のわからない存在こそが、もっともおそろしいのだ。パルス人ではなく、もともと驍勇《ぎょうゆう》な騎士であるドン・リカルドは、地底で見た異形《いぎょう》なるものの名を教えられたことで、かえって、四年来の恐怖に立ち向かう勇気をふるいおこすことができたかのようだった。

ふと気配を感じて、彼は眉《まゆ》をしかめた。

「また誰か来たぞ」

「オラベリア卿が帰って来たんじゃないのかい」

「それとも、さっきの盗賊たちかも」

「ふん、だとしたら、おれに記憶を返してくれた恩人たちだが」

荒々しく広間へ駆けこんで来たのは、屋敷の主でもドン・リカルドの恩人たちでもなかった。

完全に武装した兵士たちの一団だったのだ。人数は十二、三人。いずれもルシタニア語を話し、ルシタニア風の甲冑《かっちゅう》をまとい、ルシタニア風の剣や槍《やり》をかまえている。侵入をとがめられるより早く、エステルたちを指さして、口々に彼らは決めつけた。

「こいつらは、旧マルヤム王党派の残党だ！　ボダン教皇殺害の共犯だ！」

「……何のことだ？」

「弁解無用だ。ボダン教皇に積年《せきねん》の怨みを抱く者どもが、殺害をたくらんでいるということは、知らぬ者とてない。王の名による裁判の結果も待てぬとは、慮外者《りよがいもの》めが」

「待て、ボダン総大主教が殺されたのか」

エステルは半ば茫然《ぼうぜん》と質《ただ》した。冷笑が返って来た。

「しらじらしいことをぬかすな、犯人ども」

白鬼《パラフーダ》ことドン・リカルドがうなった。

「エステル卿、抗弁《こうべん》しても無益だ。おれたちは、はめられたんだ。ずいぶん粗雑な罠《わな》に見えるが、おれたちが死ねば、かわって無実を証明してくれる者はいない」

ドン・リカルドは唾《つば》を吐きすてて尋ねた。

「これはオラベリアも承知のことか？」

「それをきいてどうする」

「……いや、由《よし》ないことをいった」

オラベリアが承知のことなら、何をいってもむだだ。逆に、何も知らないなら、巻きこむべきではない。歴戦の武人らしく、たちどころにドン・リカルドは判断を下したのだ。

剣と槍の環《わ》が、たけだけしく狭《せば》まってくる。

「おなじ信仰を持つ者どうしで殺しあうのか」

ドン・リカルドの声には、やりきれない調子があった。

「パルスの村人は、記憶をうしなったおれに親切にしてくれたのに。記憶をなくしたまま、パルスの山のなかにいたほうがよかったかもしれん」

白鬼《パラフーダ》と呼ばれていた男の感傷を斬り裂くように、剣がおそいかかって来た。

ドン・リカルドは身体を右に開いてその斬撃《ざんげき》をかわすと、左の肘をはねあげた。下顎《したあご》に痛打をくらった敵が、大きくのけぞる。両足で宙《ちゅう》を蹴ってひっくりかえる間に、ふたりめの敵が槍を突きこんで来た。その槍身をひっつかんで引き寄せ、股間《こかん》に蹴りをいれる。

剣を使わずにすんだのも、ここまでだった。右前方と左側面から同時に斬撃がおそいかかる。

ドン・リカルドは強靱《きょうじん》な手首をひるがえし、左の敵の剣を持った右手首を半ば切断した。骨のくだける音と絶叫に耳も貸さず、血の尾を曳《ひ》くみずからの剣を、右へ旋回させる。

間一髪、ドン・リカルドの頸部《けいぶ》をねらった刃は、火花を散らしてはじき返された。相手が体勢をととのえようとする瞬間、ドン・リカルドは猛然と跳躍し、右鎖骨《みぎさこつ》の下にしたたか刃を突きこんだ。

「白鬼《バラフーダ》！」

つい呼び慣れた名で呼びながら、エステルも飛び出した。床に落ちた槍をすくいあげざま、低い位置から投《とう》じる。突進して来た敵の脚に槍身がからまり、身をよじるように倒れこんだ。

皿や杯が宙を飛ぶ。パリザードが投げつけているのだ。顔面を皿で打たれた敵が、鼻血を流しつつ後退する。

「退《ひ》け！」

敵のひとりがどなった。

「ここでむりに殺す必要はない。退け！」

訓練をつんだ一団であることが、たちどころに証明された。死者は置き去りにされたが、負傷者は僚友にささえられ、意外なすばやさで退却していく。

ドン・リカルドは勝ち誇らなかった。

「やつら、すぐにもどってくるぞ。今度は、一桁《ひとけた》多い人数でな。そうなると、とうてい、おれの手には負《お》えん」

「逃げる？」

「死にたくないなら、そうするしかない。とにかくもう、この国にはいられないな」

「どこへいく？　パルスへ？」

そういったエステル自身にも意外な地名が飛び出したが、血相《けっそう》を変えて反対したのは、パルス人であるはずのパリザードだった。

「いやだいやだ、あたしはいやだからね。蛇王ザッハークのいるパルスなんかに、帰りたくないよ」

激しく首を振る姿が幼児じみている。

「でも、このままマルヤムにいたら、わたくしたちは教皇殺害犯にされてしまう。白鬼《パラフーダ》、いいえ、ドン・リカルドのいうとおりよ。これ以上この国にはいられない」

エステルは、ギスカール王の公正さを信じる気になれなかった。無用に残忍なわけではないが、政治的な目的を道義よりも優先する人だということは、身にしみている。

「逃げるにしたって、わざわざパルスにいく必要はないだろ？　そうだ、ルシタニアだったね、あんたの故国《くに》にいったらどう？　そのほうがいいよ、ね、そうしようよ」

とりすがられて、ドン・リカルドは、困惑しきって立ちすくんだ。すげなく振り払うわけにもいかない、というところだ。

「たしかに、ルシタニアはおれの故国だが……」

ドン・リカルドは、いいよどんだ。記憶がもどれば、いやなことも思い出す。ドン・リカルドは、故国で、あまり幸福ではなかった。だからこそ、パルス国への大遠征に参加することになったのである。

「……無理に帰らなくてもいいなあ」

エステルを見やって、彼はそうつぶやいた。

Ⅶ

ドン・リカルドは、そこそこ有名な豪族の分家に生まれた。ルシタニアでも西北部にあたる地域で、おなじルシタニア国内といっても、エステルの故郷である東南部とは、遠く離れている。平和な時代でも、徒歩で旅をすれば一か月はかかる距離だ。

浪費しなければ生活にこまることはない騎士の身分であったが、父親が死去して長兄《ちょうけい》が跡目《あとめ》をつぐと、二年ほどで家産《かさん》の大半が消えてしまった。長兄自身の投機の失敗と、彼の妻の浪費とが、かさなったのである。

ドン・リカルドは兄を諌《いさ》めたが、聞きいれられず、口論の末、兄は剣に手をかけた。弟は兄の手から剣をもぎとったが、その際、兄の脇腹《わきばら》を刺し、重傷を負《お》わせてしまった。長ろう」

兄の妻に告訴され、判決が下された。

「パルスへの遠征に参加し、神の栄光のために戦えば、兄を傷つけた罪は免ぜられるであろう」

否やなどあろうはずもなく、ドン・リカルドは故郷をすてて、甲冑の列に加わったのである。

いま、あらたな窮地《きゅうち》に立たされて、ドン・リカルドは頭《かぶり》を振った。

「いや、ルシタニアへ帰る気になっても、帰ることはできん」

「どうしてさ」

「外海に面した港には、かならず手がまわっている。船に乗れるかどうか、あやしいものだ。乗りこめたとしても、それがまた罠で、海に放りこまれるかもしれん」

誰の手か、ドン・リカルドは明言《めいげん》しなかったし、エステルもあえて確認しなかった。ギスカールの意向がはたらいているとしたら、そのあたりに手ぬかりのあろうはずがない。

エステルも思案をめぐらせていたが、ついに決断した。

「ルシタニアには、かならず帰る。ただ、それがパルス経由になるだけのこと。東へいこう。ダルバンド内海の岸に出て船に乗る」

力強く、ドン・リカルドはうなずいた。

「賛成だ」

　ルシタニアの騎士はパルスの女を見やった。

「パリザード、迷っている暇はないぞ、いそぐんだ」

「ああ、もう、どうしてこうなってしまったのかしらねえ。あたしは楽しく人生を送りたいだけなのに」

歎きながらも、パリザードはいそがしく走りまわって逃走の用意をととのえた。ミスル国の場合より、さらに手ぎわがよかったようだ。ようだ、というのも、屋敷の主人であるオラベリアが宮廷からあわただしく帰宅したとき、三人の客人は影も残さず消え去っていたからである。

オラベリアは喜んでいいのか失望すべきなのか、自分でも気持ちを整理できぬまま、王宮に引き返し、ありのままをギスカールに報告した。マルヤム新王国の支配者は苦笑した。

「ふむ、逃がしたか。まあ、しかたない」

ギスカールにしてみれば、エステルやドン・リカルドを殺すことにためらいはないが、それ自体が目的なのではない。彼らが教皇ボダン殺害の罪を背負《せお》ったまま、マルヤムから姿を消してくれれば、それで充分だ。そう自分にいい聞かせた。

「追跡はせよ。だが、国外へ逃亡したことがはっきりすれば、それ以上、追う必要はない。

ルシタニア方面の警戒を厳重にな」

これまたギスカールにしてみれば、「教皇殺害犯」たちがパルスへ向かうと判断する理由は何ひとつない。

翌日、王宮から布告が出された。教皇と自称したボダンが殺害され、マルヤム人の男ひとりが犯人として逮捕された、という内容だ。

男はマルヤムの旧王朝に恩を受けた者と称し、ルシタニアから来たふたりの男女と共謀してボダンを殺害して屍体を野にすてた、と「自白」した。なぜルシタニア人と共謀したのか、という問いに対しては、彼らの親族が異端審問によって殺され、怨みを共有したからだ、と答えた。その夜、男は獄中で発作《ほっさ》をおこし、急死した。

そのような自白を、誰も信用しなかった。教皇と自称したボダンの横死《おうし》は、ギスカールの意思によるものと、誰もが思った。ギスカールは裁判や処刑の手つづきを省略して、年来の仇敵《きゅうてき》を消し去ったのだ。

だが、誰も何もいわず、ギスカールの公式発表を受け容《い》れた。ギスカールを恐れたからではない。マルヤム人もルシタニア人も、いいかげんに、ボダンに退場してもらいたかったからである。

「あの狂信者のために、どれほど多くの血が流されたことか。もうたくさんだ。思い出したくもない。晴れるか雨になるかはわからんが、ひとまずこれで夜が明ける……」

オラベリアも何もいわなかった。旧友のためにも、彼自身のためにも、沈黙にまさる対処法はなかった。

ギスカールは満足し、マルヤム新王国の建設に向け、さまざまな政策を練《ね》り、制度の改革に乗り出した。

そのころ、三人の「教皇殺害犯」は、イラクリオンから東へ、ダルバンド内海に面した港へ向けて、ひたすら馬を走らせていた。

第二章　夜が明けて闇は濃く

I

マルヤムからダルバンド内海をへだてたパルス国においては、「盛夏四旬節《フローラム・チェツレ》」にはいって、暑熱《しょねつ》の日々がつづいている。

だが、いまアルフリードの背中に熱波をたたきつけてくるのは、天上の太陽ではなく、地中の火であった。

ナーマルドが放った火が、油の流れに乗って追いせまってくる。アルフリードの左にファランギース、後ろにギーヴ、「アルスラーンの十六翼将」のうち三人までが、あわや地下で燻製《くんせい》にされるところであったが、かろうじて火と煙を振り切った。秘密の扉口《とぐち》から地上の部屋へころがり出る。

何度か深呼吸して体内から煙と熱気を追い出す。振り向くと、隠し扉から熱気が流れ出し、アシ女神の画像が薄青く煙っている。

「何ごとです、何ごとです!?」

うろたえた声がして、上品そうな老婦人が姿をあらわした。白い聖職者の服をまとったその女性は、ハッラール神殿の女神官長だ。おだやかな人だが、さすがに声が高くなる。

「女神官《カーヒーナ》ファランギース！　それに何とかいう見習い！　いったいこれは何ごとですか。ここは畏《おそ》れ多くもアシ女神をお祠《まつ》りする清浄《せいじよう》な神殿ですよ。場所をわきまえなさい！」

「まことに申しわけございません」

女神官《カーヒーナ》ファランギースが一礼すると、「何とかいう見習い」のほうは、修行不足ゆえか、頬をふくらませて反駁《はんばく》した。

「そんなことより、火をつけた奴がいるんですよ。早く何とかしなきゃ、ほら、そこ」

その声で、女神官長は振り向いた。右まわりに振り向けば、火と煙を見たはずだが、左まわりに振り向いてしまった。彼女が見たものは、ハッラール神殿に存在してはならない邪悪《じやあく》なものだった。

「お、男……！」

ギーヴの姿に対して右手の指を向けた女神官長は、怒りの声をあげようとしたが、ギーヴがうやうやしく一礼すると、奇妙に頬をあからめて言葉をのみこんでしまった。「顔」というギーヴの武器は、ことに純情な女性に対して、絶大な力がある。

棒を持った人影が駆けこんできた。ずばぬけて背が高く、腕と脚が長く、短衣をまとっている。陽に灼《や》けた精悍《せいかん》な若い人物は、男かと見えたが女だった。女神官見習いのレイラであった。

「アルフリード！　ファランギース！」

レイラが大きく目を瞠《みは》る。

「これはいったいどういうこと？　あんたたち、どこから湧《わ》いて出たの？」

「話はあと、早くみんなを避難させて！」

レイラとは昨日、知りあったばかりだが、頼《たよ》りがいのある人物であることはわかっている。アルフリードの言葉を聞き、煙や熱気に触れると、たちどころに彼女は事情を諒解《りょうかい》した。

「女神官長さま、すぐみんなを逃がしましょう。それにしても、ファランギース、アルフリード、あんたたちはいったいどんな身分の人たち？」

「隠しておいて悪かった。アルフリードとわたしは国王《シャーオ》におつかえする巡検使《アムル》なのじゃ。勅命《ちょくめい》によって、この谷にまいった」

「巡検使《アムル》!?」

「早く火を消さねばならぬ。くわしい話はそのあとで」

「わかった、委細《いさい》はあとで」

うなずくと、レイラは棒を手にしたまま、神殿の女たちに大声で指示を下しはじめた。身分は見習いにすぎないが、非常時には頼りにされているらしい。老婦人から少女まで、さまざまな年代の女神官《カーヒーナ》たちがあわただしく走りまわるなか、窓から外を見たアルフリードが報告する。

「領主館にも火の手があがったよ」

「皮肉なものじゃ。人が通る道は、火も通れる。もうひとつの出口が領主どのの書斎にあったはずじゃな」

「領主さまはご無事かな、万が一のことがあったら……」

おや、と、アルフリードが思うほど心配げな声を出したのはレイラであった。

レイラの長身をながめやって、ギーヴは、微妙に表情を晦《くら》ませた。誰にも内心を読まれない、という意思のあらわれであったろうか。だがたちまち優しげな声が出る。

「さあさあ、美しくて愛らしい女神官《カーヒーナ》たち、アシ女神は忠実なる僕《しもべ》を派遣あそばして、貴女《あなた》がたを災厄《さいやく》から救いたもう。このギーヴについて来ることこそ、女神の御心《みこころ》にそう行為だ。女神の御名《みな》は讃《たた》うべきかな」

不信心を絵にして色を塗ったような男だが、ギーヴの甘い微笑と落ちつきはらった態度は、世間知らずの少女たちの心をとらえたようである。紅潮《こうちよう》した顔を見あわせ、ささやきあって、ギーヴの後につづいた。ファランギースが、苦笑に似た表情を浮かべて首を振る。

「どんなたちの悪い男でも、場合によっては役に立つものじゃ。混乱がおこらずにすむ」

「ギーヴ卿のお手柄《てがら》だね」

「それはほめすぎと申すもの。狼が仔羊《こひつじ》を救うのは、下心あってのことと決まっておる。長い滞在はさせぬことじゃ」

避難が終わったところで、ギーヴは、女騎士たちの口からザンデの死を告げられたが、すこしもおどろかなかった。

「ザンデというと？」

「おぼえておらぬのか？」

「聞いたような気もするが」

「ヒルメス殿下の腹心であった若い大男がいたであろう。おぬしとも渡りあったことがあるのではないか」

「ああ、思い出した」

どこまでも、ギーヴは冷淡である。

「たしかにいたな、そういう奴。ふむ、死んだか。まあ生死が定《さだ》かでないよりは、けっこうなことだ」

　アルスラーンの近臣たちにとって、ザンデの死をことさら悼《いた》む理由はない。ザンデはヒルメスの付属物のようなものであり、一貫してアルスラーンの敵の陣営に属していた。敵がひとり減ったと思えば、むしろ祝賀したいくらいのものである。

「で、それが証拠の書状でござるか」

　いまはアルフリードがあずかっている羊皮紙《ようひし》の巻物を、ギーヴが指さす。

「うむ、とりあえず、この書状があれば、ミスル国がパルスの国内に伸ばした触手《しょくしゅ》については、かなり明らかになろう」

　ナーマルドに対して書状を出したクオレインなる人物が、ミスル国においてすでにヒルメスの刃《やいば》にかかっていることなど、ファランギースでさえ知りようもないことであった。また、書状の主の生死にかかわらず、その内容は、国王《シャーオ》に報告するだけの価値がある。

「ギーヴ、そなたがここへまいったのは、軍師どのに何やら指示を受けてのことか？」

「ま、そんなところで」

　流浪《るろう》の楽士は饒舌《じようぜつ》な男だが、ときとして変化する。何か秘密をかかえこんでいるのか、そういうふりをして怪《あや》しまれるのを楽しんでいるのか、他人には判断がつきかねるのだった。ファランギースも、あえてそれ以上、問い質《ただ》そうとはしない。詰問《きつもん》しても、まともに答えないことはわかっている。

「神殿の火災も大過《たいか》なかったようじゃな、アルフリード」

「さいわい死傷者もいないみたいだよ。お年寄りがころんだくらいですんだ」

「ではいくか」

どこへ、と問うこともせず、アルフリードは勢いよく歩き出す。厩舎《きゅうしゃ》の方向へだ。いわずと知れたこと、半ファルサング（一ファルサングは約五キロ）離れた領主館へと馬を走らせ、領主ムンズィルと称する偽者の正体をあばいてやるつもりである。

ファランギースも歩き出そうとした。と、一陣の風となって人影が彼女を追いこした。何か思いつめた表情で、棒を持ったレイラが厩舎へと駆けていく。さらにファランギースの背後で驕声《きょうせい》が弾《はじ》けたのは、ギーヴが女神官見習いの少女たちに別れの挨拶《あいさつ》をしたからであることが、振り向かなくともファランギースにはわかった。

II

パルス国においてオクサスといえば、ひとつは河の名であり、ひとつは地方の名である。オクサス河の源流の一本が、オクサス地方のニームルーズ山嶺《さんれい》にかかる地域に発するという関係になるが、遠くジャムシード聖賢王の御宇《みよ》に、オクサスという名の廷臣が河の源流を探査するよう命じられ、苦難の末に任務をはたした、という説話もつたわっている。

そうなると、地名に人名までからんでくるので、多くのパルス人は、あまり深入りして考えない。河とか地方とかをオクサスの名につけて使いわけていれば、べつに不便なこともなかった。

オクサス領主ムンズィル卿は、「アルスラーンの十六翼将」のひとりザラーヴァント卿の父親であるが、兄ケルマインと相克《そうこく》の末、地下に幽閉《ゆうへい》され、この夜半ついに殺害された。弟になりすまして領主館を支配するケルマインは、思わぬ火災の発生におどろいたが、それが息子ナーマルドの放火によるものと知って、絶句した。妄動《もうどう》を叱《しか》りつけようにも、ナーマルドは左腕をファランギースに斬り落とされ、苦悶《くもん》のさなかである。

「ああっ、痛い、気がくるいそうだ。何とかしてくれ、あんたの可愛《かわい》い息子がこんなに苦しんでるんだぞ！　ただ見てるだけでなくて、何とかしてくれよ！」

父親を責めることで、ナーマルドはかろうじて苦痛をまぎらわせているかのようであった。

老ケルマインの顔には、失意の黒い苦汁《くじゅう》がにじみ出ている。この暗愚《あんぐ》で粗暴な息子をオクサスの領主とするため、ケルマインは蛇王ザッハークに魂《たましい》を売ったといってもよいくらいなのだ。

とりあえず自室に寝かせ、止血《しけつ》をほどこし、薬を塗ってやった。消火の指示も出さねばならない。

重い半月刀《はんげつとう》を鞘《さや》ごとつかみ、室外に出る。荒々しい足どりで広間へ向かった。

暁の光は、まだ世界を満たしてはいなかった。薄明かりのなか、馬を駆って領主館に押しかけてきたのは、女神官《カーヒーナ》ファランギースとその仲間である。

馬をおりて広間へ走りこむと、ファランギースは、形相《ぎょうそう》すさまじくあらわれたケルマインに、まっこうから指を突きつけた。

「ケルマイン卿、もはや逃れる術《すべ》はないぞ。王都に上《のぼ》って、国王《シャーオ》の勅裁《ちょくさい》を受けるべく、心身の準備をととのえるがよい」

「覚悟しろってことだよ」

と、アルフリードが身も蓋《ふた》もなくいいかえる。

ケルマインは老顔に憤怒《ふんぬ》と憎悪をみなぎらせた。弟ムンズィルをよそおっていたときの温容《おんよう》は、欠片《かけら》もない。この女たちが彼の正体を探りあて、愛する息子ナーマルドの左腕を奪ったと思うと、胸中で毒蛇のごとく殺意が鎌首《かまくび》をもたげる。

「者ども、出会え！　不逞《ふてい》の輩《やから》がはいりこんで来おったぞ」

声に応じて、刀や槍をかまえた五、六十人の兵士が広間に駆けつけてきた。一方、侵入者は四人。三人までが女だ。その女のひとりが、ケルマインの姿を見て、心配そうな声をかけた。

「ご領主さま、ご無事でようございました。でもそのお姿は？」

「レイラ、その御仁《ごじん》は、ムンズィル卿ではない」

女神官《カーヒーナ》の声が涼しくひびきわたる。

「ムンズィル卿の兄、ケルマイン卿じゃ。弟御《おとうとご》を地下に幽閉し、その夫人を殺して、ご領主になりすましていたのじゃ。罪状《ざいじょう》明白なるによって、王都に連行し、国王《シャーオ》おんみずからの裁判を受けてもらう」

「何と……？」

兵士たちは目と口を最大限に開き、自分たちの領主と信じていた人物を見守った。

ケルマインが、いかにもわざとらしい笑声をあげた。

「この女神官《カーヒーナ》は、あわれや、気がくるうたと見える。申すに事欠《ことか》いて、わしがムンズィルではないと？　世迷言《よまいごと》とはこのことだが、パルス有数の名門を侮辱した罪、乱心を理由としてまぬがれることはできぬぞ」

「みぐるしいぞ、ケルマイン卿。名家の誉《ほまれ》を口にするのであれば、いさぎよく罪に服するがよい。世に知られたことだが、国王《シャーオ》は公正な御方じゃ。情状があれば充分に汲《く》んでくださろう」

レイラが悲鳴に近い声を発した。

「ファランギース、もし、あなたの主張が真実《まこと》だとすれば、真のムンズィル卿は、いったいどうなったというの？」

「そうだ、地下に幽閉されたとのことだが、お救いしなくてよいのか」

ファランギースとケルマインをかわるがわる見ながら、兵士たちが問いをかさねる。ケルマインより早く、ファランギースが答えた。

「お気の毒じゃ、ムンズィル卿は殺害された」

動揺の波が、大きく飛沫《しぶき》をあげた。

「殺された!?　誰に!?」

「ナーマルド卿じゃ」

女神官《カーヒーナ》の明言が兵士たちの口を封じる。ファランギースは高らかに問いかけた。

「ナーマルド卿は、どこにおられる？　進み出て、弁明なさるがよい。ついでにご自身が、ハッラール神殿の女神官《カーヒーナ》を幾人も拉致《らち》して殺害したことについてもな」

「狂人と思って、おだやかにあつこうておれば、図に乗りおるにもほどがある。いうにことかいて、わが子を父殺しと呼ぶか」

室内に電流が走った。ケルマインが失言をしたことを、多くの者がさとった。

「ほう、わが子と申されたな。ご老人、あなたがムンズィル卿であれば、ナーマルド卿は甥《おい》であるはず。子と申されたのは、あなたがケルマイン卿であるという証拠ではないか」

ファランギースの舌鋒《ぜっぽう》がするどい。

ケルマインの顔からは、汗でなく、毒汁がしたたり落ちるようであった。杖がわりに床に立てていた半月刀を、ゆっくりと持ちなおす。

「者ども、何をしておる。この者どもを、なぜ討ちとらぬのだ？」

声にまで毒がにじみ出たようであった。あたかも熱に浮かされたように、幾人かの兵士が槍先をそろえて進み出る。

不意に風が鳴りひびいた。と聞こえたのは弓弦《ゆんづる》のひびきであった。兵士のひとりが奇声を発して槍を放り出す。冑《かぶと》に刻《きざ》まれた鷹《たか》の目に、矢が突き立って羽がふるえているのだ。

「みだりに動くな。おなじパルス人だろうと、男どもに慈悲はかけんぞ」

ギーヴの声よりも、彼の弓が、兵士たちを怯《ひる》ませた。たったいまの神技を見せつけられて、胆《きも》をうばわれたのだ。まして、守るべき対象であるはずの主君は、どうやら偽者であるらしい。疑惑が持ちあがり、思いあたる節《ふし》をそれぞれ再確認するなかで、生命《いのち》がけの行動をとれるものではなかった。

なお傲然《ごうぜん》とたたずむケルマインに、しなやかな指を突きつけたのは美しい女神官《カーヒーナ》である。

「ここにいるケルマイン卿は、蛇王ザッハークに魂を売って今日に至ったのじゃ。そなたら、ケルマイン卿に与《くみ》すれば、蛇王ザッハークの与党《よとう》として、永劫《えいごう》の火に焼かれることになるぞ。心するがよい」

音楽的なまでの美声は、この場合、落雷にひとしかった。

「ザッハーク!? へ、蛇王だって!」

槍をとり落とした者もいれば、腰をぬかした者までいるようだ。

「ご、ご領主、真実でござるか」

悲鳴のような問いかけに、ケルマインは薄笑いで応《こた》えた。両眼は奇妙に赤く、血を塗りつけたように見える。

「くだらぬ。狂女の世迷言《よまいごと》だ。蛇王ザッハークだと？　ふん、蛇王の名を出せば、万人《ばんにん》がおそれいるとでも思うか。あさましいことよの」

ケルマインは嘲笑《ちょうしょう》した。内心で、アルフリードは感心してしまった。どのように、どの方角から追いつめても、この偽領主の老人は動揺しない。その傲然たる自信は、兵士たちにもあきらかに影響をおよぼした。やはり真物の領主さまではないか、女神官《カーヒーナ》たちのほうこそあやしい、というささやきがかわされる。

「さあ、者ども、国王《シャーオ》の使者だなどと称して人心をまどわせるこやつらを討ちはたせ。わしが命じるのだ。国王《シャーオ》の怒りなど恐れるにおよばぬぞ」

ファランギースたちは窮地に立たされた。人数だけの問題ではない。このていどの人数であれば、包囲を斬り破るのは容易である。

だが刀槍をつらねてせまってくるのは、本来ムンズィル卿の部下であり、つまりはザラーヴァントの領民である。味方なのだ。容赦《ようしゃ》なく斬りすてるにはためらいがあった。とはいえ、斬られてやるわけにはいかない。ファランギースはあることに気づいて、年少の僚友をかえりみた。

「アルフリード、例の密書を」

「何の」と問い返すこともなく、アルフリードは諒解した。

「わかった、あれだね。みんな、はやまらずにこれをごらんよ！」

アルフリードは、羊皮紙の巻物をとり出して、高くかかげた。

「この密書は、ナーマルドあてにミスル国から来たものさ。ナーマルドと、父親のケルマインは、ミスル国に通じてるんだ。祖国であるパルスを転覆しようという裏切者なんだよ。あんたたち、裏切者の味方をして、パルスの歴史に汚名を残したいのかい!?」

「くだらぬ、また偽物の書状など……」

いいさしたケルマインの声に、あわただしい足音と人声が応《こた》えた。幾人かの兵士が広間に駆けこんできて報告する。

「ご領主さま、五百ばかりの騎兵が谷に乱入してまいりました！」

さすがに意表をつかれ、ケルマインが灰色の眉を大きく動かした。

「どこの賊か、正体をたしかめよ」

「賊ではないさ、偽領主どの」

ギーヴの声だ。領主館に足を踏みいれて、二度めに口を開いた宮廷楽士は、思いきり人の悪い目つきでケルマインを見すえた。

「王都から派遣された正規軍だ。どうやらまにあって重畳《ちょうじょう》、重畳。偽領主を檻車《かんしゃ》に乗せて王都に連行し、ザラーヴァント卿と対決させることになるだろうよ」

「いいかげんに覚悟したらどうなのさ、偽者！」

アルフリードが叫んで、ケルマインにつめよった。

「おとなしく偽者であると認めればよし、でないと斬ることになるよ」

「ほう、わしを斬れるか、小娘」

嘲弄《ちょうろう》しつつ、ムンズィルと偽称していたケルマインは、ついに半月刀を抜き放った。

空《から》になった鞘を足もとに投げ出す。

「斬れるさ、国王《シャーオ》の敵で蛇王の一味とあれば」

アルフリードも剣を鞘走らせた。

「もう、あんたの詭弁《きべん》と居直りにはうんざりだ。誠意と無縁なその舌から斬ってあげてもいいんだよ」

「くだらぬ誤解をするな、小娘」

「誤解って？」

「汝《なんじ》ごときの技倆《うでまえ》でわしは斬れぬ、といっておるのだ」

「へえ、あんがい冗談が好きな人だったんだね、そうは見えないけど」

アルフリードは剣の握りをたしかめ、最初の一合にそなえて、かるく踵《かかと》を浮かせた。

Ⅲ

「ご、ご領主」

必死の表情で呼びかけたのは、先ほど最初にファランギースに問いかけた兵士であった。すでに初老であろう、口髭《くちひげ》をふるわせている。

「この女性たちが国王勅任《シャーオちよくにん》の巡検使《アムル》であられること、その点はたしかでございます。なれば、あえて剣をまじえる必然はございますまい。誤解をとけばよいだけ……」

老兵の忠告は、永遠に中断された。いかにもつまらなさそうな態度で、ケルマインが半月刀を一閃《いっせん》させたのだ。銀色の光が水平に弧《こ》を描くと、不運な老兵の首は必死の表情を浮かべたまま宙を飛んだ。

頸骨《けいこつ》が両断される音、血がほとばしる音、首が床に落ちる音、首のない身体が倒れこむ音。兵士たちのうめき声。

アルフリードは息をのんで立ちつくし、ファランギースは、無益な死をとどめえなかった怒りを声にこめた。

「ご老人、パルス国を蛇王ザッハークに献上《けんじよう》するつもりか」

「わしの死後、パルスがどうなろうと知ったことではないわ。もともと三百余年前には、ザッハークさまの御宇《みよ》であったのだ。旧《ふる》きにもどるだけのことよ。何を騒ぐ?」

「ザッハークの前には聖賢王ジャムシードがおわした。どうせなら、ジャムシード王の御宇にもどればよかろうものを」

ファランギースの足さばきは床をすべるようであったが、刃がケルマインに触れるほど接近することはできなかった。

ファランギースの前に、あらたな、そして強力な敵が立ちはだかったのだ。うなりを生じて、棒がおそいかかってきた。

警戒していなかったら、一撃で頭を撃ちくだかれていたであろう。優雅に跳《と》びすさり、必殺の棒に空《くう》を打たせると、屹《きっ》として、ファランギースは、襲撃者の名を呼んだ。

「レイラ！」

「たとえあんたたちでも、領主さまに手を出させるわけにはいかない。おさがり！」

別人のような態度と表情で、レイラは、棒の先を女神官《カーヒーナ》から見習いへと動かした。

「あきらめて、レイラ！」

アルフリードは前方へ躍り出た。ケルマインに斬撃をあびせようとして、レイラの棒にはばまれる。側頭部《そくとうぶ》へ、横なぎの一撃がおそいかかるのを、あやうくかわした。

「レイラ、何でそうまで……」

アルフリードは困惑した。レイラは答えない。顔に血の気がなく、両眼にはかたくななまでに敵意の光がぎらついている。

「教えてやろう。その娘はわしに心をにぎられ、あやつられておるのだ」

勝ち誇ったようなケルマインの声に、レイラは表情を動かさなかった。驚愕したのはアルフリードだ。とり落としかけた剣をにぎりなおしてあえいだ。

「レイラ、どうしてそんなことに……」

ケルマインが口もとをゆがめた。

「蛇王ザッハークさまの貴《とうと》い血をまぜた魔酒を、たっぷり飲ませてあるからな。先月、谷の武術大会でその娘が優勝したとき、賞品の葡萄酒《ナビード》にまぜて、皆の見ている前で飲ませてやったのだ。なみの人間なら魔酒の毒に耐えられるものではない。苦悶のあげく血を吐いて死んでしまうが、わしの見こんだとおり、その娘はじつに強健であった」

「この卑劣漢《ひれつかん》！」

「何とでも申せ。弟に謀《はか》られ、地下に幽閉されたときから、わしは人の心をすてたのだ。そんなものを持っておったとて、何の得もない。ふん、聖賢王ジャムシードがどうしたと？　蛇王さまには勝てなんだではないか」

レイラは無言のままアルフリードに棒を突きつけている。それがまた、ケルマインの卑劣さに対するアルフリードの怒りをつのらせた。

「その娘はいまや蛇王ザッハークさまの忠臣だ。本人も気づいていないうちに、そうなってしまったのだ。義侠心も勇気も、はかないものよの」

ケルマインは笑った。乱れ鳴る弔鐘《ちょうしょう》より、さらに不吉な笑声だ。

「わしが死んでも、ナーマルドとレイラとが蛇王ザッハークさまにおつかえし、のぼせあがった簒王《さんおう》アルスラーンめとその一党に、鉄鎚《てっつい》を下すであろう。まず王都からのこのこやってきた愚か者ども、最初の捧《ささ》げ物となるがよい」

「この恥知らず！　もう生かしちゃおかない」

アルフリードは憤激をそのまま行動にうつそうとした。またしてもそれをはばんだのはレイラの棒だ。

「レイラ……」

「悪いけど、アルフリード、あんたに領主さまは討たせないよ」

「だから、レイラ、こいつは領主さまじゃないったら！」

聞く耳を持たぬ、とばかり、レイラは身がまえつつ前進した。

「どうしても領主さまを討つというなら、わたしを倒してからにするんだね。いっておくけど、簡単にはいかないよ」

もはや説得は不可能。そう看《み》てとりつつ、なおアルフリードが決心できずにいると、静かにファランギースが歩を進めた。

「レイラは、わたしが引き受けた。アルフリードはこころおきなく、偽領主と闘って功をあげるがよい」

「すまないね、ファランギース」

「礼にはおよばぬ。いうておくが、その老人、かなり強いぞ。実力か、他者のよこしまな力を借りているかはわからぬがな。ギーヴ！」

名を呼ばれた楽士は、兵士たちの列を割って進み出た。

「おう、やっと、おれのことを思い出してくださったか、ファランギースどの、貴女《あなた》のお役に立てるのであれば、このギーヴ、他の美女たちの涙でできた池も飲みほしてごらんにいれよう」

ファランギースは、とりあわない。

「兵士たちに手を出させぬようにしてほしい」

「はあ、それだけでござるか」

「不満か？」

「いやいや、男はすべて美女の引き立て役。いつかは真心の通じる日が来るであろうことを夢見て、今日という日をつつましく生きていくのみ」

口にするのは戯言《たわごと》でも、ギーヴの弓の神技ぶりは、いましがた実見《じつけん》したばかりだ。彼が弓に矢をつがえる姿を見て、兵士たちは、半歩、一歩としりぞいた。

毒々しく、ケルマインが哄笑《こうしょう》する。

「弓を持った道化者よ、せいぜい短い人生を味わっておくがよい。女どもをかたづけたら、つぎは汝《なんじ》だからの」

ケルマインの半月刀が伸びる。その迅速《じんそく》さ、奇怪なまでの柔軟さは、毒蛇が獲物を急襲するかのようであった。最初、正面から受けとめようとしたアルフリードが、あわてて横へ跳《と》ぶ。直後、半月刀の閃光《せんこう》が、彼女のいた位置を斜行《しゃこう》していた。思わずアルフリードは「あっ」と声を発した。その角度からいって、たとえ受けても失敗し、脇から肩にかけて両断されていたにちがいない。

この三年間、アルフリードも剣の技倆《うでまえ》を格段にあげている。三年前のアルフリードが三人束《たば》になっても、現在のアルフリードに勝てないであろう。生来の俊敏さと軽捷《けいしょう》さに、経験が積みかさねられ、理にかなった技法が加わって、彼女は剣士として飛躍的に成長していた。

洗練度ではまだファランギースにおよばないが、剛と柔を兼ねそなえ、いずれの方向でもほぼ完璧に剣をあやつることができる。

それほど成長したアルフリードではあるが、眼前の敵である偽領主に対しては、苦戦を禁じえなかった。

たてつづけに五、六合、火花を飛散させると、ケルマインはゆがんだ笑いを浮かべ、剣の柄をつかむ右手に左手をそえた。両手斬りの斬撃が、圧力を倍加してアルフリードの胴をおそう。とっさにアルフリードは身体を半回転させ、致命的な一撃に空を斬らせた。

そのつもりであったが、服地が鋭く悲鳴を発して、アルフリードは、背中を刃にかすられたことをさとった。さいわい肌にはとどかなかったが、刃は服の背中を斬り裂いている。

できれば殺したくない、負傷させてとらえ、罪を告白させたい。そうアルフリードは思っていたのだが、甘かったと痛感せざるをえなかった。彼女は三歩分の距離を一気にとびすさって体勢をととのえた。

Ⅳ

兵士たちの眼前で展開されているふたつの闘いは、シンドゥラ国の「神前決闘《アデイカラーニヤ》」ではなかった。だが、実質上それに近いものだった。勝利をおさめた者がこの場を支配し、ハマームルの谷に、ひいてはオクサス地方全域に力をおよぼすであろうことは疑いなかった。

レイラが長い棒をふるうありさまは圧巻《あっかん》だった。全力疾走する車輪のごとく回転させたかと思うと、短く鋭く突きをくり返す。ファランギースは右に左に、細身の剣をひらめかせて、それをふせぐ。戛然《かつぜん》たる攻防のひびきは、見守る者に唾《つば》をのませたが、しばらくは優劣の決しようもなかった。

回転させるのは無意味、と看《み》てとると、レイラは猛然と攻勢に出た。すさまじい迅速さと勢いで突きをくり出す。

右、左、右、左、左、左、右、左、右。

上、上、下、上、下、上、下、下、下。

一撃ごとに棒はうなりをあげてファランギースの身辺をかすめた。ファランギースは身体を開き、頭を低くし、ときには床を蹴って猛撃《もうげき》の連続をかわす。いずれも間一髪に思われたが、ファランギースの姿勢がくずれることはない。完璧に全身を制御する姿は、もっとも優雅な舞踊《ぶとう》にひとしかった。

「ファランギースどのはまず心配ないが、さて、ゾット族の女族長どののほうは、すこしばかりあぶなっかしいな」

ギーヴはもう一方の決闘に視線をうつし、音のない口笛を吹いた。

「助けてやるのはたやすいが、うかつに手を出すと、怨みやら不満やらが残るからな。しかし、たしかにあの老人、ただごとでなく強いぞ」

いまやアルフリードは防戦一方に見えた。ケルマインは両眼に狂熱的な炎を噴きあげ、その両腕は休むことを知らず、半月刀を振りまわし、撃ちおろし、斬りつける。重い斬撃は、受けるアルフリードを疲れさせ、反撃の余地をあたえない。アルフリードの呼吸が乱れ、額《ひたい》から汗の玉が飛ぶ。足さばきもしだいに軽快さをうしなっていく。

多くの者が「勝負あったな」と思いかけた、まさに瞬間、アルフリードが転倒した。いや、そうではない。彼女はすすんで床に身を投げ出し、剣尖《けんさき》を伸ばして、ケルマインの右腿を薙《な》いだのだ。かすっただけだが、わずかながら血が飛散し、その色が見る者にあざやかな印象をあたえた。

圧倒的に優勢だったにもかかわらず、先に傷つけられてしまった。ケルマインの両眼に血光《けっこう》がひらめく。はなはだ矜持《きょうじ》を傷つけられたらしい。

「この不逞《ふてい》な小娘めが！」

怒声をとどろかせると、半月刀を高々と振りかざした。ただ一撃にアルフリードを両断しようとの勢いだ。だが、小さな傷ひとつで形勢が完全に逆転したことを、ケルマインはさとらなかった。さとったのは、若いながら歴戦の勇者であるアルフリードのほうである。

老人が高々と両腕をあげ、胴が無防備になった一瞬、アルフリードは右手首をひるがえした。床に這《は》った姿勢のまま、思いきり剣を投《とう》じたのだ。

細長い光がケルマインの左胸に突き刺さった。

一歩踏みこんでアルフリードの頭上に刃を撃ちおろそうとしていたケルマインは、回避することができなかった。両眼に満ちていた血光がみるみる色をうしない、半月刀を手にしたまま、音をたててあおむけに倒れ、床を震わす。

「レイラ、そこまでじゃ。棒を棄《す》てよ」

ファランギースが鋭く忠告の声を放つ。

レイラは死霊よりも蒼《あお》ざめて、なお攻勢に出た。表情をひきつらせつつ、ファランギースの頭部をめがけ、棒を振りかざす。

美しい女神官《カーヒーナ》は、風に舞う羽と化して動いた。ファランギースの顔に勝ち誇った表情はなく、むしろ憮然《ぶぜん》たるようすであったが、動きには一片の妥協もなかった。

長剣が優美に光の弧を描くと、レイラのかざした棒は下から上へ、みごとに両断された。斬り離された棒の一端は、とりかこむ兵士たちの垣《かき》の後方へと落下し、残りの部分はレイラの手中にのこる。

アルフリードが片ひざをついて起きあがり、そのまま息をのんで何かを見すえている。

「あれを見よ、レイラ」

冷静な声とともに、ファランギースが剣尖の向きを変えた。棒の半分をかまえたまま、レイラも視線を動かす。かたくこわばった表情に、困惑の影がさした。

剣を突き立てられたまま、ケルマインの肉体が変容しつつあった。両手と両足が機械《からくり》じかけのように上下し、掌《てのひら》と靴の踵《かかと》とで、くり返し床をたたく。その音がしだいに大きく、手足の上下動が激しくなる。不意に、何の前兆もなく、ケルマインの全身が灰と化し、一瞬でくずれ去った。服地に刺さった剣が、床に倒れこんでうつろな音をたてる。

「ファランギース、これは……?」

「近づくな、アルフリード、そしてレイラを近づけるな。この老人はもう死んでいたのじゃ。死者が魔道によって、生きつづけているように見えた。そして本人も、自分はまだ生きていると思いこんでいたのじゃ」

しばらく、声を出す者はいなかった。同時に、もはやファランギースの言葉を疑う者もいない。恐怖に蒼《あお》ざめ、嘔吐《おうと》をこらえて静まりかえっている。

にわかに叫び声がおこった。アルフリードがよろめき、二歩ほど床を鳴らしてどうにか転倒をまぬがれた。

叫び声を放ったのはレイラだ。しばらくの間、古代の名工が手がけた青銅像のように凝然《ぎようぜん》と立ちつくしていたのだが、いきなり動いた。半分の長さになった棒をふるって左右の兵士を床に撃ち倒し、アルフリードを半ば突きとばして躍り出たのである。

あまりの急激さに、ギーヴともあろう者が不意をつかれた。それでも、他の者にはとうてい不可能な迅速さで、弓に矢をつがえ、ねらいをつけたとき、レイラは振りむきざまギーヴの顔面めがけて棒を投《とう》じた。

あぶなげなく、ギーヴはかわした。だが、矢を放つ正確な一瞬はうしなわれた。背中に宮廷楽士の矢を受けることなく、レイラは広間から駆け去った。アルフリードは数歩、追いかけて断念した。

「ケルマイン卿の死灰《しかい》に、白手《すで》で触れてはならぬ。塩と石灰をかけ、よく混《ま》ぜた上で土中深くに埋めるのじゃ」

慄えがとまらない兵士たちに指示を下して、女神官《カーヒーナ》が年少の僚友を見た。

「昨日、友として遇《あ》い、今日、敵として別れる」

「ファランギース……」

「残念じゃが、そういう縁であったようじゃ。生きていれば再会する日もあろう。敵としてか友としてか、それはわからぬが」

労《いたわ》りをこめて、ファランギースは、アルフリードの肩を抱いた。すなおにうなずくアルフリードの肩ごしに、冷静な視線を放つ。

「さて、あとはナーマルドじゃな」

そのころナーマルドは苦悶の谷底でころげまわっていた。寝台から床へ落ちたが、その痛みは問題にならない。うしなったはずの左腕が熱痛《ねっつう》のかたまりとなって彼を苦しめ、傷口からの出血が床をべとつかせる。

「薬、薬……あの薬だ、あの薬……」

ナーマルドの声は、泥酔《でいすい》しているかのようだ。出血と苦痛のため、顔は土色になっているが、両眼だけが炉《ろ》のなかの薪《まき》さながらに燃えさかっている。唇は熱にひびわれ、舌が上顎《うわあご》の内側に貼りついて、ついに声も出なくなった。そのなかで彼は身をおこし、何かをさがしはじめた。

これだけの熱意と執念《しゅうねん》とを、日常的に平均して発揮していれば、ナーマルドは、勇者として賞されていたであろう。苦悶に加えて左腕をうしなっているので、彼の身体は均衡《きんこう》をくずし、よろめいては倒れこむことをくり返した。それでも、ついに、彼の手は銀製の小さな壺《つぼ》を、棚の上からつかみとることに成功した。

蓋《ふた》を放り出すと、壺をさかさにし、緑とも紫ともつかぬ色の液体をひと息に飲みほす。壺をとりおとし、床にへたりこんだ。

奇怪な呻《うめ》き声は、人とも獣ともつかぬものとなり、床の上で苦悶する物音がそれにまじった。

灯火に映る黒影が、ゆらめき、ゆがみ、うごめく。炎が揺れるためと見えたが、黒影それ自体も変形しているようだ。声がした。ナーマルドの声のようだが、言葉にならない。苦鳴《くめい》らしき声は、しだいに変化し、ついには奇怪な喜悦《きえつ》の叫びとなって弾《はじ》けた。

黒影が左右に大きく膨張《ぼうちょう》した。身体そのものは大きくならない。人体にあるはずのないものが突然、生《は》えたのだ。

それは翼のように見えた。

V

「武器を棄《す》てよ！　国王直隷《シャーオちょくれい》の軍が、この領主館を制圧した。武器を棄てて指示にしたがえ。拒《こば》む者は叛逆罪《はんぎゃくざい》に問われるぞ！」

パラザータが声をはげます。彼は兵をひきいて谷のすぐ外で待機し、ギーヴが暗い空に放った火矢の合図によって、突入してきたのだった。領主館の内外には八百余の兵がいたが、ことごとく武器を棄て、国王《シャーオ》への忠誠を誓った。

領主館の制圧をパラザータにまかせて、ファランギースとアルフリードは駆け足で奥へ進んだ。ケルマインが死に、レイラが逃走したからには、せめてナーマルドの身柄だけでも確保したい。彼の口から、パルスとミスルの二国にまたがる陰謀《いんぼう》の全容を聴き出し、ケルマインと蛇王ザッハークとの間に結ばれた暗黒の契約についても告白させる必要があった。

ただ、すでに死んでいる可能性もある。そのときは死体を確認する必要が出てくる。

いくつかの扉を開《あ》け、いくつかの角を曲がって、ファランギースとアルフリードは、異臭のただよう一室に踏みこんだ。ひときわ奥まった石づくりの部屋。あきらかな血の匂いと、得体《えたい》の知れぬ薬物の匂いが、彼女たちを緊張させた。床の上に散乱する布の一枚に、ファランギースが靴先で触れてみる。

「引き裂かれてはいるが、これは絹の服じゃな」

「ナーマルドの服？」

「おそらく」

ふたりの勇敢な女騎士は、油断なく室内を見まわした。赤や青に彩色された硝子窓《ガラスまど》はかたく閉ざされて、そこから何者かが出ていったようすはない。

「あの傷で逃げのびたのかな。意外に性根《しょうね》があるね」

半ば感心し、半ばあきれてアルフリードがいうと、ファランギースが美しい眉をひそめた。

「たしかに、意外な性根じゃ。気をつけたがよいぞ、アルフリード、あの者をあなどると、痛い思いをするかもしれぬ」

「わかった」

うなずいた直後、アルフリードは頭上に異様な音を聞いた。何かがこすれあうような音だ。なぜか軽い悪寒《おかん》におそわれ、息をひそめながら、アルフリードはそっと見あげた。天井は意外に高く、上へいくほど暗い。暗がりのなかに何かがいる。人とも猿ともつかぬ身体に、蝙蝠《こうもり》のような翼。

「有翼猿鬼《アフラ・ヴィラーダ》!? こんなところに……」

「あぶないぞ!」

不吉な影は、兇悪《きょうあく》な気配をまきちらしつつ天井から急降下してきた。

有翼猿鬼《アフラ・ヴィラーダ》が右腕をうならせる。鉤爪《かぎづめ》がアルフリードにおそいかかってきた。のけぞって回避する。頭髪が数本、宙に舞った。

ファランギースの剣が、ななめ上へ閃光を描き出す。

し損《そん》じた。斬撃の角度が、わずかながら完璧さを欠いていたのだ。刃は怪物の無毛の翼を斬り裂くことができず、なめらかな皮の上ですべってしまった。怪物は毒々しい叫喚《きょうかん》をほとばしらせ、最大限に口を開いたまま、宙で反転した。とがった黄白色の歯の間から、なまぐさい唾液《だえき》が飛散する。

ファランギースに飛びかかろうとして、有翼猿鬼《アフラ・ヴィラーダ》は空中で体勢をくずした。身体の均《きん》衡《こう》をとりそこねたのだ。

怪物は右肩から壁に衝突した。激しく翼を動かし、たてつづけに叫喚をあげながら壁から離れる。一瞬後、頭から窓の外へ飛び出していた。硝子の割れくだける音を残して、夜明けの空を逃げ去っていく。

「気がついた、ファランギース？」

アルフリードの声が、低く重い。衝撃のため、追う気を殺《そ》がれてしまっている。

「おそらく、そなたとおなじことをな」

たったいま逃げ去った有翼猿鬼《アフラ・ヴィラーダ》の姿を、ふたりは脳裏に描き出していた。普通の有翼猿鬼《アフラ・ヴィラーダ》よりひとまわり大きな体軀《たいく》、赤い口に黄色の牙《きば》、毒炎《どくえん》をちらつかせる赤黒い両眼。そしてその有翼猿鬼《アフラ・ヴィラーダ》には、左腕がなかった。

破壊された窓からはいってくる光は弱々しく、ふたりの気分を昂揚させる力はなかった。おぞましい変容の現場となった部屋を出て扉を閉める。広間にもどっていくと、入口でパラザータに迎えられた。鄭重《ていちょう》に礼をほどこされる。

パラザータはかつてトゥラーン軍の大侵攻を王太子アルスラーンに急報すべく、五十ファルサングの距離を二日で駆けぬけた男である。途中、ひとり旅の万騎長《マルズバーン》クバードと出会って馬を借りる、という場面もあった。その後いくつかの難戦《なんせん》激闘を生きぬいて、現在では大将軍《エーラーン》キシュワードの麾下《きか》にあり、千騎長に昇進していた。

「ファランギースどの、アルフリードどの、このたびのお働き、おみごとでござった」

このとき彼が実際にひきいていたのは五百騎だけだが、精鋭ではあった。この春にも、ミスル軍と戦って勝利した経験がある。

ファランギースは礼を返し、あわただしく思案をめぐらした。

「この谷は領主をうしなった。どの方向から考えても、ザラーヴァント卿が新領主として治《おさ》めるべきだが、そうと正式に決定するまでは、代理が必要じゃな」

ファランギースが決定を下すまで、長い時間は必要なかった。

「パラザータ卿、五十騎だけお借りする。アルフリードとわたしとを、王都まで護衛するとともに、この館にある文書類を運んでほしい」

「承知つかまつった」

「おぬし自身は、残り四百五十騎をひきいてこの地にとどまり、王都より正式の命令が下るまで、治安を維持し、民衆の生活を守ってほしい。よろしいか？」

実直な青年武将は小首をかしげた。

「否やはござらぬが、拙者《せっしゃ》などよりギーヴ卿のほうが、廷臣としての格が高《たこ》うござるが」

「あれは地道な職務には向かぬ男。おぬしのほうが信頼できる」

ギーヴ自身が、にやりと笑ってうなずいた。

「おれという男を知ること、ファランギースどのに如《し》かず。まだ王都へ帰る気はないし、かといってファランギースどののおられぬ場所に長居するのもつまらぬ。おれのことは放っておいてくれ」

二百年以上の歴史を閲《けみ》するパルス有数の名家が、事実上、滅亡した。同時に、パルス国内深くに伸ばされていたミスルの策動の触手は、核をうしなった。

ザンデの死、ミスルにおける旧王党派の蠢動《しゅんどう》、オクサス領主一族の滅亡。これらの報告をたずさえて、ファランギースたちは王都へ急行することになる。アルスラーン王もザラーヴァント卿も驚愕するであろう。ナルサスは喜んで、今後のことを思いめぐらすにちがいない。

ナルサスに会えることは嬉《うれ》しかったが、アルフリードは、レイラのことが何とも気にかかった。力のおよばぬこととはわかっていても、レイラが不幸な道を突き進むことがないよう、神々に祈らずにいられなかった。

VI

暗く閉ざされた空間には、昼の光を拒絶する瘴気《しょうき》が音もなく渦巻いていた。壁からは剝製《はくせい》にされた人間の腕が突き出し、松明《たいまつ》を握っている。松明は奇怪な赤紫色の炎をあげ、死臭に似た脂《あぶら》の匂いをただよわせていた。書物、毒草、鉱石、瓶に壺に革袋、それらがいくつもの丘をつくっている。そのなかに人影がすわりこんでいた。

「ケルマインが死んだぞ」

「知っておる」

陰々《いんいん》たる会話がはじまる。暗灰色《あんかいしょく》の衣をまとったふたりの男が、怪物たちの叫喚《きょうかん》を縫うように語りあっているのだ。

「グルガーンよ、まだ死なせるには早かったのではないか。オクサスの領主として権勢を維持しておれば、パルス国を内側から腐蝕《ふしょく》させることができるはず。いざとなれば、一万かそこらの兵でもって、叛乱をおこすていどのこともできたものを」

「あまり欲をかくな、グンディー、あやつはすでに充分、役割をはたした。弟になりすましてオクサスの領主を演じるのも、そろそろ限界。ザラーヴァントと申したかな、弟の息子と対面すれば、それまでよ」

「ザラーヴァントなる者を、おびき寄せて殺すところまでやらせてもよかったろうに」

「だから、欲をかくなと申しておる」

グルガーンの声に冷然たるひびきが強まる。じつのところ、ファランギースとアルフリードが一夜にしてケルマインの正体を知るとは、想定していなかったのだ。

「あのレイラとか申す娘を、とにかくも確保した。いずこへ出奔《しゅっぽん》しようと、我らの手中にある。当面はそれでよいではないか」

「そうだ、あの娘の身こそ、今後の貴重な手駒《てごま》だからな。ようやく見つけたわ、蛇王ザッハークさまの聖なる血を体内に容《い》れて生きていられる者を」

「まったく、これまで何十人の女に期待して裏切られたことか。どいつもこいつも、血へどを吐いて悶死《もんし》してしまいおった。軟弱な人間どもが！」

利己的な怒りをこめて吐きすてる。

「それにつけても、レイラを見出《みいだ》したのは、ケルマインの功績だ。ついでのこと、父親がわりにレイラを庇護《ひご》させておけばよかったろうに、グルガーンよ、そうしなかったのはなぜだ」

「何だ、グンディー、おぬし知らなんだのか」

「何をだ」

「ふむ、まことに知らなんだと見える。いや、じつはな、ケルマインはわが子かわいさに目がくらみ、あの不肖《ふしょう》なるナーマルドめに、レイラの身をあたえるところだったのよ」

一方の魔道士にとって、これは意表を突く報《しら》せであったらしい。しばし無言であったが、怒りに猜疑《さいぎ》を加えてうめいた。

「そのように大事なことを、なぜ、おれに知らせなかったのだ、グルガーン？」

グルガーンはわずかに眉をひそめたが、同輩の怒りに対抗して争論《そうろん》するのはわずらわしかったようだ。なだめる策《て》に出た。

「とうに知っておると思っていたのでな。悪く思うな、グンディー、おれの手落ちだ。まあ、そのような次第で、ケルマインを生かしておけば、今後、何かと齟齬《そご》を来《きた》すというわけだ。手駒も多すぎれば見落としを招く。そろそろ整理しておく時期であることを、おぬしも諒解《りょうかい》してくれると思うが」

グンディーは同輩が辞を低くしたのに満足したのか、話題を変えた。

「レイラの身を手にいれたら、ナーマルドめ、さぞ虐待して日ごろの憂《う》さを晴らしたことであろうな」

「それはまちがいない。ふふ、憎しみは執着の別の顔と申すしな。よこしまな思いを満身《まんしん》にたぎらせておったのだから」

「ふん、すると我らはケルマインを見殺しにすることによって、結果的にレイラをナーマルドの毒牙《どくが》から守ったことになるわけか。どうにもくだらぬ結末に思えるが」

「そういうな、グンディー、我らが守ったのはレイラひとりの身というわけではない。あの女にふさわしい伴侶《はんりよ》は、すでに選ばれておろうが」

「ふむ、そうであった」

グンディーはうなずいた。揺れる灯火の影のなかにたたずんで、自分たちのめぐらしてきた計画に思いを致《いた》す。

「あの男も、聖なる血を飲んで生き残った。すさまじい体力と気力、人間のままでおっても、パルス国にかなりの災厄をもたらしたであろうな」

「ナーマルドごときとは、格がちがう。運が味方すれば、大陸公路の覇者《はしや》と呼ばれてもおかしくはなかった。いま、やつはどうしていたかな？」

「ガズダハムがあずかっておる。何やら試《ため》したいことがあるそうな」

「ガズダハムに、あの男があつかえるかな。うかつなことをすれば、したたか手を嚙《か》まれよう」

魔道士の声には、嫉妬《しつと》と疑念がある。グルガーンはたしなめた。

「やらせておかねば、ガズダハムが納得せぬ。不慮《ふりよ》のことがあったときには、我らが出ていけばよかろう。まずは報告を待つことだ」

ふたたびグンディーはうなずいたが、会心にはほど遠いようすだった。落ち着きを欠き、いらだちを抑えきれずにいる。蛇王ザッハークの党与《とうよ》たる魔道士が心の平安を求めるというのも笑止《しょうし》な話であろうが、ときおりひびきわたる有翼猿鬼《アフラ・ヴィラーダ》の叫びにいらつくのも、長きにわたる忍耐の日々が、たしかに彼らの心を疲れさせているからであった。

以前は尊師以下八人いた部屋に、いまは両名のみ。魔道士なりの焦慮《しょうりょ》と寂寥《せきりょう》を、ひしひしと感じずにいられない。

有翼猿鬼《アフラ・ヴィラーダ》たちがわめきたてる。鼠《ねずみ》の肉をめぐって争っているらしい。小さな獣の身体を骨ごと嚙《か》みくだく音に、ひっかきあい、なぐりあう音がまじる。

「あさましい奴よの」

嫌悪《けんお》と軽蔑《けいべつ》をこめて、グンディーが舌打ちの音をたてる。

「あやつらに品性など要求するのもむなしいことだが、せめてもうすこし自制がはたらかぬものか。いっそ、何匹かへらしてみてはどうだ」

「あの男にも軍勢が必要だ。いかに勇猛であっても、ただひとりではアルスラーンめの大軍に抗しえぬ。だからあやつらの数をへらすわけにはいかぬ。戦う前に味方をへらしてどうするのだ」

「だが、数ばかり増えても養えんぞ。いまでさえ、餌《えさ》には苦労しておる」

グンディーが忌々《いまいま》しげに指摘すると、憮然としてグルガーンがあごをなでた。

「ルシタニア軍も腑甲斐《ふがい》なかったが、トゥラーン、ミスル、チュルク、シンドゥラ、いずれの国もパルス国内に侵攻できず、死体の山をきずくことができぬとは……」

語尾がかき消された。ひときわ奇怪な、狂躁《きょうそう》に満ちた叫喚が魔道士たちの耳を強打したのだ。

「何の音だ?」

言葉では答えず、グルガーンは暗灰色《あんかいしょく》の衣の裾《すそ》をひるがえし、小走りに隣室へと向かった。グンディーが舌打ちしつつ、その後につづく。

「これは何だ!?」

グンディーがあえいだ。翼をはやした怪物の数匹が、卑屈げに後退する。床に倒れて痙攣《けいれん》しているのも、おなじ姿の怪物だ。ただし、血にまみれ、何か所も肉が喰いちぎられている。グルガーンがつぶやいた。

「共食《ともぐ》いとはな……」

「あさましいにも、ほどがある。蛇王ザッハークさまの眷属《けんぞく》とはいえ、このような輩《やから》と同列に見られては、我ら、苦しい修行に耐えて今日に至った甲斐《かい》がないわ」

グンディーは手を動かした。腰から巻きとられたのは、棘《とげ》のついた革笞《かわむち》だ。有翼猿鬼《アフラ・ヴイラーダ》たちがおびえた声をあげた。その口も手指も、同類の血におぞましく汚れている。

「この下種《げす》どもが!」

棘箚が宙を走ると、苦痛と恐怖の叫喚がわきおこった。容赦《ようしゃ》ない一撃に、皮膚が裂け、肉が弾《はじ》ける。飛散する毒血をかわして、グンディーがなお棘箚をふるおうとすると、グルガーンが両手で同輩の右手首をつかみ、必死に制止した。

「よせ、こやつらに仲間どうしの節義《せつぎ》など期待してもむだだ。そうおぬし自身がいったではないか」

グンディーが歯ぎしりの音で応《こた》えると、グルガーンは左手だけを離した。

「有翼猿鬼《アフラ・ヴィラーダ》どもを兵士として使えるか、あの男にやつらを統御する才があるか、いくつ辺境の村が死に絶えたところで、アルスラーンめとその一党が異変に気づくか……いまだいじな時だ。耐えてくれ、グンディー」

グンディーに説《と》きながら、じつはグルガーン自身に言い聞かせる台詞《せりふ》だった。

左腕のない有翼猿鬼《アフラ・ヴィラーダ》が、部屋の隅に身をちぢめながら、ふたりの魔道士のようすをうかがっている。両眼に赤黒い炎をちらつかせたその表情は、卑屈というより狡猾《こうかつ》であった。

VII

ここ数日、ひときわ太陽の勢力が強く、パルス国の王都エクバターナは熱波のもと息も絶《た》え絶《だ》えのように見える。「盛夏四旬節《フローラム・チエツレ》」が深まりゆく時季なのだ。

だがそれも陽が高いうちだけのこと。暴れ疲れた太陽が西の遠い山嶺《さんれい》に姿を隠しはじめると、息をひそめていた涼気が反撃を開始した。空の色が青から黒へ変わり、星座が形をととのえるころには、快適な夜が、あらゆる身分のエクバターナ市民を誘惑する。人々は涼しい街角に飛び出し、昼間の疲れもどこへやら、遊興《あそび》と商売にいそがしい。

さざめきわたる雑踏のなかを、ふたりの若者が歩いている。ほどほどに身分の高げなよそおいをした彼らは、この国の玉座《ぎよくざ》にすわる者と、その近臣であった。

「……解放王は万事に節度ある御方であったが、ただひとつ、微行《おしのび》を好まれること甚《はなはだ》しく、ことに盛夏四旬節《フローラム・チエツレ》には夜ごと王宮を脱《ぬ》け出された」

と、『パルス列王紀』に記されている。

これより千を算《かぞ》える前の時刻、アルスラーン王は側近のエラムを呼んで告げた。

「ルーシャン卿が、おりいってお話が、といってきたんだ」

「ご結婚の件ですね」

「わかるか、さすがナルサスの弟子」

「誰にでもわかります。で、どうなさいます、陛下？」

「エラムはナルサスの弟子だろう」

「はいはい、では、どうぞこちらへ」

若い主従は足音を忍ばせて裏手の一室にまわった。そこは「天使の間」と呼ばれ、王家の財宝の一部を収蔵していた部屋で、ルシタニア軍の掠奪《りやくだつ》にあって空《から》になったままだ。壁面にそって六人の天使の像が置かれている。緑玉天使《イスマイル》、紅玉天使《サルダアイル》、黄玉天使《タルハイル》、真珠天使《サルサアイル》、黄金天使《ハルハアイル》、白銀天使《ミカイル》。六人のなかで黄金天使《ハルハアイル》の像がいちじるしく損壊されているのは、絵具に真物《ほんもの》の黄金が溶かしこまれていたため、小刀などで削《そ》ぎとられてしまったからだ。他の五人の天使も、両眼がえぐりとられている。いわずと知れたこと、それぞれの天使の名にふさわしい宝玉が、眼の部分にはめこまれていたからだ。だが強欲な掠奪者たちは、石づくりの壁面にはまったく興味を持たなかった。

「天使の間」の秘密の扉から王宮を脱け出した若い主従は、たちまち善良な男女の群れにまぎれこみ、会話をかわしつつ歩きつづける。

「ルーシャン卿は、陛下のご結婚を見とどけたら、引退して、宰相の座をナルサスさまに譲りたいと申しておられますよ」

「とすれば、ナルサスは間接的に私の味方だな。宰相になりたくないんだから」

アルスラーンが笑うと、エラムがかるく首をかしげた。

「陛下のご即位後、パルスは変な国になりました」

「変な国？」

アルスラーンは肩をすくめた。酔漢《よっぱらい》と衝突しそうになったからだ。

「普通の国では、国王や宰相が権勢をめぐって争うものでございますよ、陛下」

「パルスでも争っているさ、押しつけあって」

「普通は逆です」

「そうか？ 権勢なんて、別においしいものでもないぞ。告死天使《アズライール》だってほしがらない」

かわいがっている鷹《シャヒーン》の名を出して、若い国王《シャーオ》は拙劣《へた》な冗談をいった。

「ただ、陛下、まじめな話でございますが、永久にこのままでいるわけにはまいりませんよ」

「うん、わかっているつもりだが……」

アルスラーンは言葉を濁《にご》した。わかっている、と断言しないあたりが、若い国王《シャーオ》の為人《ひととなり》である。

どちらが正しいかといえば、アルスラーンよりルーシャンのほうが正しい。王妃をむかえ、世子《よつぎ》をもうけるのは、国王《シャーオ》の重要な義務である。王権の継承を国の安定に結びつけ、アルスラーンにはじまる新王朝の永続性を、国民《くにたみ》に広く知らしめねばならない。それは政策の継続性に対する信頼を深めることにもなる。

「ルーシャン卿は、パルス国内でも指おりの名家から、王妃の候補としてふさわしい姫君たちを選抜しておられるそうですが」

ルーシャンとしては、敬愛する若い主君のため、できるだけ、旧《ふる》い貴族勢力がだまりこむだけの正統性を贈ってやりたかったのだ。

「ルーシャンの気持ちはありがたいが……私は、ああいう娘たちのほうが好きだな」

アルスラーンの視線の先に、庶民の少女たちがいる。四人ほどで、目をひくほどに美しい者はいない。だが、いかにも元気そうで、これから夜の市場で売るのであろう、果物や菓子を大きな籠《かご》にいれ、四人がかりで運んでいる。たがいに指示したりうなずいたり、共通の知人について噂話《うわさばなし》をしたり、高くもない給料で何を買うか報告したり、笑いさざめきつつ、軽い足どりで市場へと向かっているのだった。

エラムが悪童の表情をつくった。

「ではルーシャン卿にこっそり教えてあげましょう。お姫さまやお嬢さまではなくて、働き者の市井《しせい》の娘を選《え》りすぐって王宮へ送りこみなさい、と」

「こら、エラム！」

「陛下、あまり大声を出されませぬよう。ご正体が露見《ろけん》いたしますよ」

ふたりの若者は他愛《たあい》なく笑いかわしながら夜の街路を歩いていく。さまざまな職業の人々とすれちがい、肩がふれあう。鍔《つば》のない青い帽子をかぶり、黒い房を頭の左側に垂らした市場監督官《モフタセブ》と、葡萄酒《ナビード》を売る露天商《ろてんしょう》とが、何やら声高《こわだか》に話をしている。

「お前、このごろ評判が悪いぞ。葡萄酒《ナビード》に水をまぜて売ってるそうじゃないか。そんな詐欺まがいの商売、見逃《みのが》しておけんが、それともただ薄味のまずい酒というだけかな」

「勘弁してくださいよ、旦那、あたしらみたいな貧乏人をいじめたって、たいして甘い汁は吸えやしませんぜ」

「ふん、水で薄めた葡萄酒《ナビード》は、さぞ甘い汁だろうな。とにかく、あちこちから苦情が出てるんだ。どう対応する気だ」

「はいはい、わかりましたよ。ほら、とっておきの一杯、銀貨の葡萄酒《ナビード》漬けをどうぞ」

「おお、こいつはうまそうだ。いや、お前が良心的なことはよくわかった。酒の味のわからん奴らにとやかくいわれても、気にすることはないぞ」

悪党と呼ぶにも至らない小物どうしの会話だが、それを耳にしたアルスラーンは、人ごみを避けて暗い路地へ歩み入りながら、むしろ楽しそうに近臣にささやくのだった。

「ああ、エラム、私は王宮より街が好きだ。宮殿より市井のほうが、ずっと好きなんだ。パルスに永《なが》い平和と繁栄が確立されたら、私は玉座なんか誰かに贈って、街で暮らしたい。私塾《リカート》の先生《モッラー》でもやって、子どもたちにかこまれながら、ときどき芸人《ルーティー》の歌や踊りや奇術を楽しんで……」

「陛下……」

共感をおさえて、エラムが分別くさい表情をつくる。

「陛下はパルスになくてはならぬ御方です。市井の平和も、陛下の善政あってのもの」

「国に必要なのは王じゃない、民《たみ》さ。王なんて飾り物でいいし、そうあるべきなんだ」

エラムがかるく主君の腕をおさえた。

「陛下」

「うん、わかってる、エラム、冗談だ、ちょっといってみただけさ。無責任だといって怒らないでくれ」

「いえ、そうではございません、陛下、周囲がいささか妙なことになっております」

エラムのささやきで、アルスラーンは周囲を見まわす、ようなことはしなかった。ふたりの若者をあわせて年齢は三十七にしかならないが、死地をくぐりぬけた回数はかぞえきれない。危険や害意を察知する感覚は研《と》ぎすまされている。

暗い路地に、さらに暗い影がうごめいていた。嘲笑《ちょうしょう》と歯ぎしりとをあわせたような音が、アルスラーンたちの不快感をそそる。ただの夜盗の類《たぐい》なら、十人いてもエラムひとりで追い散らせるが、どうにも不気味なものが煙とも風ともつかず吹きつけてくるのだ。

「油断したかな」

「それはこのエラムの罪でございます。申しわけございません」

エラムの手が腰帯に伸び、短剣《アキナケス》の柄をつかむ。

国王が微行《おしのび》の際に危害を加えられたとき、あるいは不祥事をしでかしたとき、随従《ずいじゅう》していた臣下が重罰を受けるのは、いずこの国でも変わりない。むろんアルスラーンはエラムをかばうに決まっているが、エラムとしてはそれに甘んじてはいられなかった。「したしい臣下のために、国王が、法にひとしい慣習をまげた」といわれるようなことになれば、二重の不忠である。

影が動いた。エラムの短剣《アキナケス》が軽快に鞘走《さやばし》ったが、影はその尖先《きつさき》を避けて左右に散った。青黒い皮膚、膨《ふく》らんだ腹部、蜘蛛《くも》を思わせるふしくれだった腕と脚、赤く光る巨大な両眼。人に似て人ではない。

「食屍鬼《グール》……!?」

「まさか、なぜこのような場所に？」

好んで死者の肉を喰《くら》う怪物の存在を、アルスラーンもエラムも知っていた。いうまでもなく、蛇王ザッハークの眷属《けんぞく》である。鳥面人妖《ガブル・ネリーシャ》や有翼猿鬼《アフラ・ヴイラーダ》が出没する昨今、食屍鬼《グール》が出現しても、不思議はない。ただ、食屍鬼《グール》はもっぱら辺境の地に跋扈《ばつこ》するもので、王都にあらわれた例を、アルスラーンたちは知らない。

疑問に答える余裕などなかった。たちまちアルスラーンとエラムは、四方からの攻撃にさらされた。針のような歯、鉤《かぎ》に似た爪、剛毛《ごうもう》の密生した拳《こぶし》、それらがうなりを生じて飛来し、降りそそぐ。服の布地が裂ける音がした。

「エラム、明るい方角へ走れ！」

「まず陛下からどうぞ！」

ともに相手の気性を知っている。両者とも踏みとどまって闘うのは愚行《ぐこう》だ。それを回避するため、先に走り出す義務は、アルスラーンのほうにあった。

「エラム、いくぞ！」

国王《シャーオ》が駆け出したので、食屍鬼《グール》どもを払いのけつつ、エラムも快足を飛ばした。影のひとつが高く跳んだ。夜空に浮かび、急降下してエラムの頸筋《くびすじ》に爪を突き立てようとする。寸前。銀色の光が怪物の身体を上と下に分断していた。血の花を満開させ、音をたてて落下したのは、にわかに出現した人間の足もとである。

たくましく均整のとれた長身は、虎の優雅さと獅子の威風《いふう》とを兼ねそなえていた。平服《へいふく》に大剣をせおい、星空の下、怪物どもを黙殺《もくさつ》して破顔《はがん》したのは「戦士のなかの戦士《マルダーンフ・マルダーン》」にまちがいない。

「ひとつ貸しておくぞ、エラム」

「ダリューン！」

アルスラーンが叫ぶと、パルス国最年少の万騎長《マルズバーン》は、うやうやしく一礼した。

「陛下、申しあげたき儀《ぎ》はございますが、それは後刻《あと》として、まずは不とどき者どもに退去ねがいましょう」

礼をほどこし終えたとき、すでに二度めの閃光が奔《はし》っている。斬り裂くというより、槌《つち》を打つかのように重く鈍い音がひびいて、あらたな血が石畳《いしだたみ》に降りそそいだ。

怪物どもはいまや本来の獲物を放り出し、憎むべき妨害者を包囲して爪や歯をひらめかせる。

さらに一匹がダリューンの剛剣《ごうけん》に討ちとられた。斬撃は怪物の肩と鎖骨をくだき、さらに数本の胸骨《きょうこつ》を割って、怪物の上半身を完全に両断した。

絶叫と血を星空へ向けてほとばしらせ、怪物は回転しつつ地に倒れる。その胴体が地表に触れるより早く、ダリューンの剛剣はあらたな犠牲者に死の踊りを強《し》いていた。半ば頸部を両断された怪物は、酸に似た毒血の匂いをまきちらしつつよろめき、石畳を踏み鳴らして横転した。

さらにもう一体、今度は右の腰骨から左胸へ、鈍く重い音とともに斬りあげられ、一瞬、両足を宙に浮かせた後にひっくりかえる。

五体まで怪物を斃《たお》したとき、ダリューンは荒々しく呼吸していた。人間相手の際には、ありえないことだった。たしかに、人ならぬ魔性の者どもは、斬るにしても通常に倍する力を必要とする。

「さてさて、無慈悲な宮廷画家にとっては、よき参考になるかな」

うそぶいて、ダリューンは、血ぬれた大剣を手に歩を進めた。一歩ごとに呼吸をととのえ、歩みを疾走《しっそう》に変えたとき、右肩にかついでいた大剣が銀色の弧を描いて振りおろされる。

二匹の食屍鬼《グール》が四体になって絶命した。

たちのぼる血臭《けっしゅう》のなか、怪物たちも、この人間がおそるべき災厄《さいやく》であることをようやくさとった。口々に憎悪と呪詛《じゅそ》の叫びをあげ、路地をはさむ左右の塀や壁へと跳躍する。

「一匹は生かしてとらえてください、ダリューンさま！」

エラムが声をはげました。

「死体を喰《くら》う食屍鬼《グール》が、このような場所で、生きている人間をおそうとは、尋常《じんじょう》ならざること。糾明《きゅうめい》の必要があります！」

ダリューンが苦笑する。

「指図《さしず》ぶりがナルサスに似てきたな、エラム、もっともだが、ちとむずかしいぞ」

そこへ人声と足音が乱れおこって、武装した将が徒歩で駆けつけてきた。

千騎長シェーロエスであった。もう十年もキシュワードの麾下《きか》に在《あ》る歴戦の強者《つわもの》で、上官が留守のときには大将軍府をとりしきる重要な地位を占めている。年齢的にはそろそろ壮年から中年になろうとしているが、それだけに思慮も深く、判断もたしかで、上官からの信頼もあつい。右のこめかみから頰にかけて走る刀痕《とうこん》は、第二次アトロパテネ会戦で奮《ふん》闘敢戦《とうかんせん》した名誉の象《しるし》である。

「ただちに城壁上の焚火《たきび》をふやせ。闇を追いはらうのだ」

したがう兵士たちに命じると、ダリューンに一礼した。

「ダリューン卿、まにあってようござった。そちらの方々はお知りあいで？」

ダリューンはひとつ空咳《からぜき》をした。

「いや、こちらのご両人はナルサス卿の客でな。夜道で思わぬ災難に出くわして、気の毒なことをした。ご両人は、おれがお送りするゆえ、怪物どものほうを頼む。民に死傷者を出さぬこと、すくなくとも一匹は生かしてとらえること、おぬしにならまかせられる」

シェーロエスはアルスラーンの正体に半ば気づいていたであろう。だが、その件についてはあえて口に出さなかった。国王陛下は微行《おしのび》なのだ、臣下としては、ここはそ知らぬ顔でいるべきであろう。

「では、事が落ち着きましたら、ナルサス卿のお宅へ報告の者を差し向けます」

「けっこう。おぬしの働きについては、国王陛下におれから申しあげておく」

まじめくさって、ダリューンは大剣を鞘《さや》におさめる。シェーロエスは笑いそうになって表情を引きしめると、アルスラーンに向かって頭をさげ、踵《きびす》を返した。

こうして、解放王は、この夜、宮廷画家ナルサス卿の家に予定外の訪問をすることになった。

Ⅷ

古今東西、臣下たる者がもっとも名誉とするのは、主君をわが家の客として迎えることである。それは絹の国《セリカ》でもシンドゥラ国でもミスル国でも同様で、「王さまのおなり」と告げられれば、その家の主人がころがり出て迎えるところだ。だが、この家の主人には常識が通用しないようであった。

「陛下、微行《おしのび》はけっこうですが、なるべくなら他所《よそ》へおいでください。臣下といえど、王宮の外では自分の生活を侵《おか》されない権利がございます。席料をいただきたいところですぞ」

「せっかくの夕食時にじゃましてすまない、ナルサス」

恐縮する国王《シャーオ》のかわりに万騎長《マルズバーン》が反撃する。

「主君から席料をとる気か、あきれたやつめ。そんなことより、もっといい考えがある」

「何だ？」

「陛下がお出ましになるたび、おぬしの描いた絵をお見せするのだ。陛下は鷹《シャヒーン》よりすばやく、ここを飛び去られるだろうよ」

「ここ数日の暑さで、脳が煮えたと見えるな、ダリューン。立ったまま寝言《ねごと》をいうようになっては、万騎長《マルズバーン》も獅子狩人《シールギール》も、あわれなものだ」

ナルサスは、じろりとかつての侍童《レータク》をにらんだ。

「エラム、お前を客あつかいはせんぞ。陛下に酢蜜かけ氷菓子《セキャンジエヴィーン》をお出しせよ。あと、ハルボゼも冷やしたものがあったはず」

「はい」

一礼するエラムに、ダリューンが注文する。

「エラム、おれには冷えた麦酒《フカー》を一杯」

「あつかましい奴め、浴槽の残り湯でも飲んでおれ」

「エラム、麦酒《フカー》を二杯だ」

「はいはい」

エラムは厨房《ちゆうぼう》の方角へ急ぎ足で去った。アルスラーンはてつだいたいところだったがそうもいかず、ナルサスにすすめられて座に着く。すすめられないが、ダリューンもすわる。

アルスラーンは「王太子殿下」と呼ばれていたころ、東はシンドゥラの国都ウライユールにおもむき、南は港町ギランまで達した。歴代の国王《シャーオ》のなかには、十年以上も王位に在《あ》りながら、一度もエクバターナから出なかった者もいる。アルスラーンはこの年、パルス暦三二五年の二月から四月にかけても、チュルク領を縦断してシンドゥラまで進軍したばかりだ。

王宮にいすわり、臣下を四方に派遣《はけん》してそっくりかえっていられる身分なのだが、アルスラーンはそれがかえって落ち着かない。第一次アトロパテネ会戦以来、旅から旅へ、戦場から戦場へ、移動をくりかえした印象が強く、むしろ毎朝起きて見る風景が前日と異《こと》なっているほうが、自然に感じられる。

ダリューンも国軍の最高幹部でありながら、王都の官衙《ディーワーン》と自宅とを往復する日々が性《しよう》にあわない。机上《きじよう》の事務は大将軍《エーラーン》キシュワードに押しつけ、練兵《れんぺい》だの巡察だのと理由をつけては城外に出ていく。平和を希求《ききゅう》する若い国王《シャーオ》に心服《しんぷく》しながら、同時に、平和を破壊する敵が定期的に出現するのを楽しみにしているのも事実であった。もちろん彼は、国王《シャーオ》が宰相の熱意に辟易《へきえき》していることも知っている。

「エラム、また例の件か。しかし、まあ、宰相閣下のご胸中もわからんではないな」

若い主君に聞こえぬよう、声を低める。

「王宮の女官たちのなかに、誰か適当な娘はいないのか」

「小母《おば》さんやお婆《ばあ》さんばかりですよ」

「そうだったな」

ダリューンは苦笑じみた表情をつくった。いま王宮につとめている女官は、ほとんどすべて、戦死した将兵の遺族である。いずれも国王《シャーオ》の心づかいに感謝し、忠実に励《はげ》んでいるが、華《はな》やぎに欠けるのは、どうしようもない。

座をはずしていたナルサスがもどってきた。さっそくダリューンが皮肉の矢を飛ばす。

「おぬしもいい身分だな、ナルサス、副宰相として昼も夜も激務に耐えているかと思いきや、絵と酒の日々か」

「すべてパティアス卿にまかせてある。よけいな心配をしなくてもよい」

パティアスはもともとザラで会計担当の書記官をつとめていた男で、アルスラーンの挙兵に際し、ナルサスの推薦を受けて会計監となった。ルシタニア軍との激戦がつづくなか、軍用金や物資にパルス軍が困窮《こんきゅう》しなかったのは、パティアスの才幹のおかげであった、といってもよいほどだ。アルスラーンの即位後、宰相ルーシャン卿のもとで王国会計総監《スパンディヤード》に就任し、租税やら歳入やら予算やら土地台帳やら、めんどうな事務をすべて処理している。

ナルサスがどうしても次期宰相への就任を拒むとしたら、一時的にパティアスがその座につくこともありえた。何といっても、パティアスはナルサスと異《こと》なり、職務に熱心で、仕事ぶりは堅実かつ誠実である。必要なとき必要な場所に必要なだけ資金をまわす、という点では名人芸を誇っていた。

「平時の宰相は、パティアスで充分つとまる。パルス国存亡《そんぼう》の危機になったら、ナルサスを呼び出せばよい」

というのが、王宮の一部でささやかれている声だ。一理ある、と、アルスラーンは思わないでもない。ところが、ダリューンは人が悪くかんぐっていて、そういう意見を流布《るふ》させている元兇《げんきょう》はナルサス自身ではないか、というのであった。

アルスラーンには、市井でつつましく暮らすという夢がある。ナルサスにも夢があるのだが、それはダリューンにいわせれば、「万人にとっての悪夢」ということになるのだった。それを阻止するためだけでも、ナルサスを宰相にして、有害な夢など見る暇もないようこき使ってやるべきだ、というのが、パルス随一の雄将《ゆうしょう》の意見である。

「では、陛下、お話をうかがいましょう。ダリューンにまかせておけば、どうせ埒《らち》もない自慢話になるのが結末《おち》。陛下のお口から、偏《かたよ》りのない事実をうかがいたく存じます」

このとき、アルスラーンもエラムも、ささやかな今宵《こよい》の冒険は終わった、と考えていたのである。その考えは甘かった、否、夏とはいえ夜はなお長く、秘密と危険をひそめて、次第に深まっていくのだった。

第三章　悪霊どもの宴

I

ナルサス家の麦酒《フカー》はよく冷えていた。硝子《ガラス》の大杯を手に、ダリューンが満足の息を吐き出す。アルスラーンとエラムは甘酸《あまず》っぱい氷菓子で体内に涼気を運びこんだ。ナルサス自身は紅茶を手にする。

大杯を置いてダリューンが問いかけた。

「それで、おぬしは今夜の件をどう見る?」

「俗にいうだろう、『オムレツ《パンチャリット》をつくりたければ、まず卵を割れ』と」

「パルスのあちらこちらで卵が割れているようだ」

「毒蛇の卵がな」

ナルサスの台詞《せりふ》にふくまれた寓意《ぐうい》をさとって、アルスラーンはかるく緊張した。「毒蛇の卵」とは、いわずと知れた、蛇王ザッハークの眷属《けんぞく》である。目に見えぬ巨大な魔手が、パルス全土をつかもうとしているのだろうか。

「あぶのうございますな」

若い主君を見やって、ナルサスがまじめな声を出した。アルスラーンも、冷たく水滴のついた匙《さじ》を置き、身体ごと宮廷画家に向きなおる。

「教えてくれ、どうあぶない？」

「もしこのナルサスが魔物どもをあやつる立場であれば、今夜のうちに第二の襲撃をいたします。最初の襲撃をしりぞけて安堵《あんど》しているところ、しかも、獲物が一か所にまとまっているところを」

アルスラーンとエラムが思わず顔を見あわせる。平静な声で応じたのはダリューンだ。

「一理も二理もあるが、食屍鬼《グール》だの有翼猿鬼《アフラ・ヴィラーダ》だの、そういった人外《じんがい》の怪物どもに、そんな機略があるか」

「むろん奴らにはない。あるとすれば、怪物どもをあやつる傀儡師《くぐつし》どもだ。そやつらに、どのていどの機略があるか……」

「ふむ、まあよい」

悠然たる笑《え》みを、ダリューンは浮かべた。

「ナルサスの読みがあたれば、わざわざ先方から討ちとられるために来てくれるわけだ。出向く手間が省《はぶ》けるというもの」

その声が聞こえたわけでは、まさかあるまい。だが、そう思いたくなるほど、間髪《かんはつ》をいれぬ変事《へんじ》の発生だった。

窓の硝子《ガラス》が叫喚《きょうかん》を発して砕け散った。灯火をあびた破片が、星の欠片《かけら》のごとく四方八方に飛ぶ。

ナルサスとエラムが左右から同時にアルスラーンの身をかばって床に伏せた。その逆に躍り立ったのはダリューンだ。窓から飛びこんできた黒影と、あやうく正面から衝突しそうになる。

ひるんだのはダリューンではなかった。人間どもを引き裂き食いちぎるべく、突入してきたはずなのに、大剣を抜き放って立ちはだかる英姿《えいし》に、人外の怪物は意表をつかれた。奇声を放ち、反射的に上昇する。

体勢をととのえて、ふたたび上方からおそいかかるつもりであったろう。だが二度めのはばたきをするより早く、天井にはばまれた。

有翼猿鬼《アフラ・ヴィラーダ》に後悔する間もあたえず、ダリューンの大剣が血の虹《にじ》を描く。

両断された死体が落下するのに目もくれず、にわかに長身をひるがえして、ダリューンは客間から走り出た。階段を駆け上り、二階の廊下から露台《バルコニー》に飛び出す。一階へ侵入する機会をうかがっていた怪物どもが、意外な敵襲におどろく。たてつづけに白刃《はくじん》が三閃し、血煙をあげて三匹の怪物がのけぞった。

ダリューンの攻撃を避けるべく、まさに舞いあがろうとしていた四匹めの有翼猿鬼《アフラ・ヴィラーダ》。剣を口にくわえたダリューンは、露台《バルコニー》の床を蹴ってその背に飛び乗ったのだ。

いかにダリューンの体術がすぐれていようとも、甲冑《かっちゅう》を着用していれば、そんなことは不可能であったろう。平服なればこそ、できた業《わざ》である。

いきなり背中に飛び乗られて、有翼猿鬼《アフラ・ヴィラーダ》は仰天した。異形の怪物でも仰天することはあるのだ。奇声を放ち、翼だけでなく四肢《しし》を振りまわして、墜落をまぬがれようとした。ダリューンは怪物の背中に片ひざをつき、右手を怪物の右肩にかけ、左手を前にまわして咽喉《のど》もとをおさえつけた。怪物のはばたきを妨害したら、もろともに地上に転落してしまう。

有翼猿鬼《アフラ・ヴィラーダ》は、喰《くら》うために人間の子どもをさらう。犬や仔羊の場合もそうだが、地上からかかえあげて空中高くで放り出し、地面に激突させて頭蓋骨《ずがいこつ》をくだき、脳髄《のうずい》をすするのだ。人間から見れば残虐《ざんぎゃく》非道《ひどう》のふるまいであり、憎まれるのも無理はない。

子どもならかかえあげることのできる怪物も、ダリューンのような偉丈夫《いじょうふ》の体重をささえるのは困難だった。必死にはばたきつつ、空中で身をよじり、ダリューンを転落させようとする。ダリューンは両脚で怪物の胴をはさみこみ、左手に力をこめて怪物の頸《くび》に巻きつけた。

「はじめて馬に乗ったときのことを想《おも》い出すな」

そう思ったが、口には出せない。剣をくわえたままである。足の下を、灯火の湖となった王都の街並みが流れ去っていく。

「低く飛べ」

怪物があまり高くを飛行すれば、刺すにせよ斬るにせよ、殺したとき、ダリューンも道づれとなって地に墜落する。そのような死にかたは、「まっぴらごめん《アスタグフェロッラー》」だった。力強い腕で顎《あご》の下をしめあげられて、怪物は声を出すこともできない。苦しげに咳《せき》らしき音をたてるだけだ。目に見えない壁をよじ登るかのように、四肢をばたつかせる。

「こら、低く飛べというのに！」

ダリューンの叱咤《しった》を無視するかのように、怪物は翼で空を搏《う》ちながら上昇をはじめる。どうせ助からぬとさとり、ダリューンを道づれにする気であろうか。

それに成功すれば、この有翼猿鬼《アフラ・ヴィラーダ》は、地上の何者もなしえなかった巨大な武勲をうち樹《た》てることになったであろう。シンドゥラ、ルシタニア、トゥラーン、チュルク、列国の畏怖《いふ》の的となっているパルスの黒衣の騎士を死に至らしめるとは。

だが、ダリューンのほうに、それに協力する意思はなかった。彼は大剣を握りなおし、一瞬のうちに、容赦なく、怪物の頸部を両断したのだ。上昇はとまり、人間と怪物はもつれあって夜空を落下していった。

水煙と血煙とが同時にあがり、怪物の首は月をめがけて舞いあがる。

下方に貯水池があることを知った上での、ダリューンの決断であった。この高さから墜《お》ちても、下が水面なら安全、との判断だ。

たしかに助かった。だが水面でかなり強く身体を打ってしまった。一瞬、息がつまり、手から剣が離れた。痛みをこらえ、立ち泳ぎにうつろうとして、頭上にせまる影に気づく。水面に浮かんだ頭めがけて、二匹の怪物が空中から殺到してきたのだ。

いそいで水にもぐろうとしたとき、すぐ近くの堰堤《えんてい》で、馬蹄《ばてい》のひびきがわきおこった。星空の下、黒々とした騎影《きえい》が声を投げつけてくる。

「そこにいるのは人間か？」

意外な問いに、ダリューンは、水面から思いきりどなり返した。

「自分ではそのつもりだ！」

「では助けよう」

その声につづいて、たてつづけに奇妙な音がした。強く鋭く息を吹き出す音。夜風そのものが細い刃と化して疾《はし》ったかのようだ。

それが吹矢《ふきや》の音と知れたのは、二匹の有翼猿鬼《アフラ・ヴィラーダ》が悲鳴を放ち、宙で苦悶《くもん》してからであった。

一匹はもがきつつ、奇怪な石像のごとく落下した。水音は重かった。泳ぐ力もなく、そのまま沈んでいったようだ。

もう一匹は傷つきつつも空中でかろうじて姿勢をたてなおした。必死に翼をはばたかせ、夜の奥深くへと逃げ去っていく。

吹矢の主は、それを追わなかった。追いようもない。馬をおりて、二歩ほど歩み寄った。

「もしかして、ダリューン卿か」

問う声に、トゥラーン訛《なま》りがあるようだ。とすると、ダリューンにも心あたりがある。

「ジムサ卿か、おかげで助かった、礼をいう……だが、おぬし、そこで何をしておるのだ？」

感謝の言葉が不審をただす台詞《せりふ》に変わったのも、むりはない。やや不機嫌そうにたたずむジムサの姿は、何やら奇妙だった。星明かりにすかして見ると、人より怪物とまちがえそうである。というのも、頭がふたつあるように見えたからだ。

ダリューンが何かいうより早く、向かって左側の小さな頭が動いた。大きな頭のほうが、事情を説明した。

「子どもを背おっている」

「ほう」

ダリューンは堰堤にはいあがった。水をしたたらせつつ、ジムサの姿をすかし見る。ジムサは驍勇《ぎょうゆう》の男だが、トゥラーン人らしく水が苦手で、水面に近づくのを避けている。

「おぬしの子か？」

「だとしたら、おれは、十四、五歳で父親になったわけだ」

それは冗談だろうか、と、ダリューンが迷っている間に、いくつかの騎影が駆けつけてきた。おどろきと喜びの声がする。

「ジムサではないか、ダリューンを助けてくれたのか」

「これは、陛下」

ジムサはいささか堅苦しく、子どもを抱きおろして、地に片ひざをつこうとした。すると、ジムサの服の裾をつかんだまま、子どもも姿勢を低くする。星明かりの下で、その動作に、若い国王《シャーオ》は微笑を誘われた。

「立ってくれ、ジムサ卿、そちらの子もな」

恐縮しつつ、ジムサが立ちあがると、子どももそれに倣《なら》う。

若い国王《シャーオ》の左右に三人がしたがっている。ナルサスとエラム、それに千騎長シェーロエスから急報を受けて駆けつけた大将軍《エーラーン》キシュワードであった。

「大至急、陛下にご報告したい件がございまして」

ひと呼吸おいて、ジムサは告げた。

「親王《ジノン》イルテリシュが生きております」

II

奇妙な間があった。

電光がひらめいてから雷鳴がとどろくまでの、何とも異様な数瞬《すうしゅん》に似ていた。国王《シャーオ》アルスラーンと、名だたる近臣たちが、ジムサの発した言葉の意味を、とっさには理解できなかったのだ。

「イルテリシュとは、あのイルテリシュか」

ようやくの思いでアルスラーンが確認すると、ジムサは二度つづけてうなずいた。

「さよう、トゥラーン国の王族にして将軍であったイルテリシュ、称号を親王《ジノン》と申した人物です」

ナルサスやダリューンさえ無言のなか、キシュワードが主君に提言した。

「陛下、いささかこみいった話になりそうです。よろしければ拙宅《せったく》で落ち着いて報告をお受けになっては？」

「わかった。深夜、迷惑をかけるが、そうさせてもらおう」

こうして、アルスラーンは、一夜のうちに別々の臣下の家を訪問することになったのである。

城門と城壁の警備はザラーヴァントにゆだね、城内の騒動の処理はシェーロエスにまかせて、大将軍《エーラーン》キシュワードは六人の客を屋敷に招じいれた。アルスラーン、ダリューン、ナルサス、エラム、ジムサと彼がつれていた子どもである。髪型や服装から少女と知れたが、旅塵《りょじん》にまみれたまま、一歩もジムサから離れようとしない。

その姿を、興味津々《きょうみしんしん》の態《てい》で見あげている人物がいる。子どもよりさらに身長が低いので、見あげる形になるのだ。この家の長男である幼児で、名をアイヤールという。

この幼児は、ふたりの万騎長《マルズバーン》の血を引いている。キシュワードの子であり、マヌーチュルフの孫である。

「さぞ勇者になるだろう」

と、王都ではもっぱらの評判だが、当人は成長した後、無責任な期待を迷惑に思うかもしれない。

第一次アトロパテネ会戦において戦死したとき、マヌーチュルフはすでに五十歳であったが、生きのびた兵士の証言によれば、すくなくとも二十人のルシタニア兵を冥界《めいかい》への道づれにした、という。弓術、馬術、刀術にすぐれ、攻城野戦《こうじょうやせん》に長じた典型的なパルス風の武人であったが、パルス文字《アレフバー》の書法でも名人といわれ、また朗々《ろうろう》たる美声の持ち主で、アンドラゴラス三世は一度ならず彼に宣戦布告や講和の勅書《ちょくしょ》を読みあげさせた。ゆえにその血をひくアイヤールは、泣き声の大きさで有名だった。

広間にはいると、ジムサは、子どもの頭に手を置きながら、パルス人たちに苦笑してみせた。

「このとおり、離れようとせんのだ」

「よほどに怯《おび》えておるな。だが、これからの話に同座はさせられんし」

キシュワードがかるく手を拍《う》った。

「ここはひとつ、子どもをあつかいなれた者に力を借りるとしよう」

夫に呼ばれて、ナスリーンがやって来た。説明を受けると、すぐに諒解して、少女に歩み寄る。立ちつくす少女の前にひざをついて、あたたかくほほえみかけた。母の傍《そば》にアイヤールが歩み寄り、眼を丸くしている。

「さあ、こちらへいらっしゃい。まず入浴して、そのあと食事、それからゆっくり寝《やす》むといいわね。ずっとわたしがついていてあげますから、何も心配はいりませんよ」

一度ジムサを見やった少女は、ナスリーンに手を引かれ、すなおに歩き出した。キシュワードが声をかける。

「食事のあと、寝る前に、事情を聴《き》かせてもらうかもしれんぞ」

「明日になさいませ。今夜は寝かせてあげなくては、かわいそうでございますよ」

妻にたしなめられて、パルス国の大将軍《エーラーン》は頭をかいた。ナスリーンは自分の子と、名も知れぬ他人の子をつれて歩み去った。

「パルス一国のみならず、大陸公路の列国に勇名をとどろかせた双刀将軍《ターヒール》も、奥方には頭があがらぬと見える」

「古来《こらい》、申すではないか。『地上最強の人物は、地上最強の男の妻だ』とな」

ダリューンとナルサスとに、こもごもからかわれて、美髯《びぜん》の大将軍は苦笑する。援軍は思わぬ方角からあらわれた。アルスラーンが笑声をたてたのだ。

「気にするな、キシュワード卿、ダリューンもナルサスも、内心ではそなたをうらやましく思っているのだ」

パルス軍を代表する雄将と智将とがだまりこむと、キシュワードは快笑した。

「国王《シャーオ》の叡慮《えいりよ》に栄光あれ。さて、ジムサ卿、食べながらでよいから、報告をうかがおうか」

一礼するジムサに、さらに問いかける。

「先ほど、おぬし、我ら一同が耳を疑うようなことをいったな。トゥラーン国の親王《ジノン》イルテリシュが生きておる、と。いったいそれは真実《まこと》のことか」

なごやかな雰囲気はたちまち霧消《むしょう》し、アルスラーン、ダリューン、ナルサス、キシュワード、エラム、合計五対《つい》の緊張に満ちた視線が、トゥラーン出身の若い武将に集中した。

座にすわりなおして、ジムサは語りはじめた。

「そもそも、おれは大将軍《エーラーン》と相談の上、国王《シャーオ》の勅裁《ちょくさい》をいただいて、東北辺境へ赴《おもむ》いておりました。築城《ちくじょう》の場所を視察するために」

「ジムサ卿の申すとおりです、陛下」

「うん、たしかにそうだった」

アルスラーンがうなずく。そこへ、ナスリーンに命じられて、キシュワード家の家僕《かぼく》がダリューンの着替えを持ってきた。あわただしくダリューンが別室でぬれた服を着替え、もどってきたところで、ジムサの話がはじまる。

パルス国において、ジムサは「ジムサ将軍」と通称されていたが、正式な官名は「統制官《ミフラーン》」である。万騎長《マルズバーン》よりやや低く、千騎長よりはずっと上の官位だ。

この四年間、ジムサの吹矢の技倆《うでまえ》は、ほとんど上達しなかった。上達する余地がなかったのだ。だが剣に関しては一段と熟練したし、槍に至っては、パルス全軍を見わたしても、ジムサをしのぐ者はダリューン、クバードらほんの数人というところだった。

つまり四年前、アルスラーンの臣下となったときに較《くら》べて、ジムサはさらに敵にとって危険な男になっていた。戦士としてもさることながら、指揮官としてもである。

「トゥラーン古来の騎馬戦術を後世に伝えるのも、おぬしの責務《つとめ》だろう」

キシュワードにいわれて、ジムサは、軽装騎兵の小集団による奇襲戦術を練《ね》りあげるべく努《つと》めた。五十騎から百騎の戦闘単位を編成し、それをいくつか組みあわせて迅速《じんそく》に動かす。必要があれば一か所に集結させて大軍をつくりあげる。ルシタニアの大侵攻によるパルス軍の損失は、いまだ完全に回復してはおらず、つねに大軍を用意できるわけではない。柔軟な編成と運用とが不可欠であった。

あるとき、ジムサが大将軍《エーラーン》キシュワードにひとつの提案をした。

パルス北方の平原に城塞《じょうさい》をきずき、王都までの間にいくつか烽火台《のろしだい》をもうければ、北方の守りは一段と堅固になる、と。

「よい考えだが、城塞だけでなく、烽火台に配置する兵力が必要だな」

「たいした人数は必要ない。烽火台ひとつに十人もいれば充分だ」

「それでは敵襲を受けたとき、ふせぎきれまい」

「ふせぐ必要はない。生命が惜しければ、逃げ出して味方に報告すればよい」

「ふむ……」

さまざまな角度から、キシュワードはジムサの提案を検討してみたが、穴はないように思われた。国土の北方が大きく開け、天然の要害が存在しない以上、防御《ぼうぎょ》にも進撃にも偵察にも、拠点は必要である。かつてナルサスがほぼおなじことを考案したことがあるが、トゥラーンが滅亡したため、緊急性をうしなったと見られ、放棄されていた。ナルサスとはまったくべつに、ジムサは独自にこのことを考えついたのだ。

「おれ自身がいい出したことだ。どこに築城するか、現地で確認してくる。大将軍《エーラーン》のご許可をいただきたい」

たしかにそれが一番よいであろう。

「では三百騎ばかり率《ひき》いていくか」

「五騎でいい」

「それではすくなすぎるだろう」

「いや、五騎で充分。それだけなら、しめしあわせて同時に襲撃されても、おれひとりで斬り伏せることができる」

笑いもせずにジムサがいうと、キシュワードはあきれて、トゥラーン人の若い武将を見やった。

「そういう考えでは、おぬし、部下たちに好かれんぞ」

「かまわぬ。もともとおれは嫌われ者だ」

どこまで本気でそう思っているのか、六月にはいるとすぐ、ジムサは五騎の兵をつれただけで王都を発した。三百騎分の糧食や装備をととのえる必要はなくなったわけで、

「もしかして、おれに気をつかったのか」

と、キシュワードは小首をかしげたものだ。

ジムサは王都エクバターナにおいて、パルス人の生活様式に最初のうちはしたがっていた。

ジムサがエクバターナ城内にあたえられた邸宅は、住み心地が悪いはずはなかったが、ときおり彼は落ちつかない気分におそわれた。息苦しいというほどではないが、夜半にめざめて大理石の天井を見あげ、壁を見まわすと、朝まで寝つけなくなる。

結局、ジムサは庭に天幕を張って、そこで寝起きするようになった。地面には厚い毛氈《もうせん》をしき、寝台も置き、さまざまに調度をならべた。以後、ジムサがここで寝ないのは、年に一、二回、豪雨のときだけである。

こうしてジムサ将軍の邸宅では、主人が庭で寝起きし、十人ほどの使用人とその家族が白亜《はくあ》の館に生活している。ときおり娼家《しょうか》から女を呼ぶが、当分、妻を迎える気はない。一方、昔からエクバターナに住む千人単位のトゥラーン人と、とくに交際することもなかった。嫌われ者であるかどうかはともかく、変人と思われていたことはたしかである。

III

アルスラーンに領土的野心があれば、パルスの国境を百ファルサングほども北上させることができるだろう。トゥラーンの故地《こち》をことごとく版図《はんと》とすることも可能なはずである。だが、無限に領土を拡張する必要も意味もない。古来、パルス国と認められていた東、西、北の国境を守れれば充分であった。東にはカーヴェリー河、西にはディジレ河があって自然の国境となっている。問題は北だ。

「自然の要害というものがないからな。逆にいえば、城塞を堅固にきずけば、おのずとそこが要害になる。北からの脅威《きょうい》がないうちに、築城しておくべきだろう」

ジムサは馬上から周囲を見わたした。自分がどこにいるか、一瞬、位置を失念《しつねん》しそうになる。はてしない草の海が、千や万の人馬ならかるくのみこんでしまいそうだ。

「烽火台《のろしだい》があれば、進撃してきた敵はそれをねらう。ひとつ烽火台を陥《おと》せば、つぎの烽火台がそのことを報《しら》せる。それをさまたげようと思えば、つぎの烽火台を攻撃しなくてはならなくなる」

つまり、敵は烽火台の列にそって進撃してくる。逆のいいかたをすれば、烽火台をつくることで、敵の進撃路を特定できる。それどころか、敵を烽火台の沿道に誘導することすらできるのだ。

「もちろん敵としては裏をかく方法を考えるようになるだろうが、それだけでも、敵によけいな手数をかけさせることになるからな」

草原をめぐり、幾本かの川を渡った。ジムサとしては、できるだけ大きな川を見おろす丘の上が、今回の築城には理想的だと思っている。小さい城であっても、敵にとって目ざわりで目ざわりでしようがない、という存在にしたいのだ。そうであってこそ、国費を投《とう》じて築城する意味もあろう。

トゥラーンの戦士であったころ、ジムサはひたすら前進することばかり考えていた。できるだけ短い時間に、可能なかぎり長い距離を進むことを。トゥラーン人すべてがそうであって、守ることや防ぐことなど考慮の外にあった。万が一にも騎馬戦で敗れるようなことになれば、敵が追撃をあきらめるほど迅速に、遠くへ逃げるだけのことだ。

トゥラーン人の身でパルスの国王《シャーオ》につかえる身となって、はじめてジムサは「防御」ということを考えるようになった。そうするとパルス人の気づかないことに、ときおり気づくことがある。

シンドゥラ人のジャスワントもそうらしいが、とくにジムサと話しあったことはない。故国が亡《ほろ》び、異国の王につかえるようになった自分自身の行末《ゆくすえ》に、皮肉っぽい興味がある。

「いまのおれに、三、四年前のトゥラーン騎兵が一万いたら、パルスの北半分ぐらいは征服してみせるがな」

ありえないことを空想して、ジムサはひとりで笑った。笑いをおさめると、不機嫌そうにつぶやく。

「あほうか、おれは」

ひとたびやんだ風が、また吹きはじめていた。その風が奇妙な音を運んでくる。遠雷のひびきだ。空を流れる雲の動きが速くなり、昼だというのに空に灰色の幕がひろがっていく。

トゥラーン人は雷を恐れる。はるか南方の熱帯雨林の国では、雷を豊穣《ほうじょう》の神として崇《あが》める人々もいるというが、トゥラーン人にとっては、ふせぎようのない災厄でしかない。

「わざわざ雷をここで待つ必要はないな」

先刻、小さな村の近くを通りすぎた。馬を飛ばしてそこへもどり、雷雲が去るまで休息するほうがよさそうだ。

「いくぞ」

それだけいって馬首をめぐらす。草の海のただなかで、来た道を正確にもどるのも、トゥラーンの武将にとって不可欠な資質だ。道に迷うような指揮官に、トゥラーンの勇兵《ゆうへい》たちは生命をあずけてはくれない。否、くれなかった。遠からぬ昔、だが返らぬ過去だ。

「そういえば、ブルハーンは壮健《そうけん》かな。いまごろどこでどうしておることやら」

弟のことを、ジムサはあまり考えないようにしている。おなじ母親の腹から生まれたのだが、長《ちょう》ずるにおよんで、歩む道が大きく分かれた。生きていれば、再会することもあろう。死んでいれば、残念だがそれまでだ。

「太陽神《ダヤン》のご加護《かご》があれば、いずれ会う日も来るだろう。捜しようもなし、人知《じんち》のおよばぬところだ」

そう思うのだが、さて、トゥラーンの民がいなくなっても、トゥラーンの神は存在するのかどうか、ジムサにはわからない。

雷雲は遠ざかりもせず、急接近もしてこない。どうやらジムサたちと並行する形で、草原を移動しているようであった。もちろん油断はできない。いきなり方角を変えることがある。

村が見えてきた。たしかラジカとかいう名の小さな村である。戸数は二十戸、人口は百人ていどで、牛と羊をあわせると人間の二十倍にもなろうかという牧畜の村だ。村長《デーフカーン》の家で雷雨を避け、食事を出してもらうだけの資金は、もちろん持参している。

村に近づくにつれ、だが、異様な雰囲気をジムサは感じはじめた。戸外で立ち働く村人の姿が見えず、人声もしない。村の方角から一陣の風が吹くと、ジムサの鼻はあきらかな血の匂いを感知した。

「いそぐぞ」

短くいって馬の足を速める。ただごとならず、と察して、したがう兵士たちも緊張の表情をつくった。

家々が一軒ごとに見えてきた。樹木のとぼしい地域だから、家も木造ではない。土を漆《しっ》喰《くい》でかためたものだ。玄関ともいえない出入口のあたりに、人影がかさなって倒れている。血の匂いがさらに強くなった。

ジムサは馬をとめ、五人の兵士に、馬をおりて村をしらべるよう命じた。たいして時間もかからず、予想どおりの兇報が集まってきた。二十戸ほどの住民は、老若男女すべて死者の列に加わっているという。それだけにとどまらない。

「確認したかぎりでは、羊も牛も、すべて殺されております」

「そのようだな」

馬上のまま身をかがめ、手中の笞《むち》を伸ばして、ジムサは、地に倒れた羊の死体を検《あらた》めた。傷口がどうなっているのか、確認してみたかったのだ。羊は無惨に頭を割られている。その割れ目の内部には何もないようだった。

「脳を吸ったのか？」

ジムサは小首をかしげた。胡狼《ジャッカル》の群れのしわざではない。

「血も吸いつくされておるようだな」

「死者たちの半分も、おなじでございます」

「のこりの半分は？」

「斬り殺されておりました」

「人間のしわざか。住民を何のために……」

ジムサは鞍上《あんじょう》で体重をうつした。馬からおりようとしたのだ。途中で動きがとまった。何かが彼をそうさせた。

丈《たけ》の高い草がいっせいにざわめいた。

Ⅳ

草のなかに、何百という兵士が潜《ひそ》んでいるかのようだ。現実にそれが形になれば、闘うことも逃げることもできるが、ただ草が動くだけでは、対応しづらい。

「油断するな」

草のなかから何かが飛び出してくることを予期して、ジムサは鞍《くら》にすわりなおした。右手に剣をにぎり、左手は吹矢の筒をつかんで口にあてた。これで同時に複数の敵を斃《たお》すことができる。

ジムサの視線が、村をかこむ草原を、白刃のようにひとなでした。その視線が停止したのは、村と草原の境界のあたりだ。そこにも羊の死体が横たわっている。大きな羊だ。死体のはずなのに、わずかに動いたように見えた。

「あれをしらべろ」

ジムサが剣尖《けんさき》を向ける。兵士たちが抜刀《ばっとう》して用心深く近づく。ほどなく、羊の死体の陰《かげ》から、小さな人影が引きずり出された。

「生きておりますぞ！」

兵士が大声をあげた。無言でジムサは馬を寄せた。年齢は十歳から十二歳というところか。服は髪型や服装から見て、女児のようだった。

血と泥にまみれている。自分の血ではない。

羊の死体の下にもぐりこんで殺戮者《さつりくしゃ》の目から逃《のが》れたのであろう。子どもの顔には表情も血の気もなく、黒い大きな瞳だけが恐怖を直視しているかのようだ。

「おまえ、名は何という？」

「何があった？　知っていることを話してみろ」

兵士の声にも、返ってくるのは沈黙だ。

ジムサがパルス語の単語を選びつつ話しかけた。

「あやしい者ではない。我らは国王《シャーオ》陛下につかえる者たちだ。お前の身は、我らが守ってやる。だから安心して、事情を話してみよ」

べつにトゥラーンなまりのパルス語を奇異《きい》に思ったわけではないであろう。この地域の住民であれば、平和的にせよ、そうでないにせよ、北方のトゥラーン人と多少の接触があったはずだ。だが、子どもはジムサをちらりと見ただけで、すぐ視線をそらした。かたくなに口を閉ざしたまま、ただ、身をこわばらせている。

しばらくジムサはその姿を見つめていたが、そっけない声で兵士たちに命じた。

「いくぞ」

「え？　放っておいてよろしいので？」

「ついて来たくない者を、無理につれていくわけにもいくまい」

ときおりジムサが「冷たい奴」と思われる原因は、このあたりにあるであろう。「こいつは話してもわからぬ」と突き放してしまう。このような場合でさえそうなのだから、兵士たちが非難がましい目つきになるのも、無理はなかった。

このまま何ごともなく村を去ってしまえば、ジムサはほんとうに嫌われ者になっていたにちがいない。だが。

悲鳴がジムサの耳をたたいた。

つぎの瞬間、馬首をめぐらすとともに、いったん鞘におさめた剣をふたたび抜き放って、ジムサは突進した。

子どもの身体が宙に浮いていた。自力で空を飛んだわけではない。ジムサの生まれてはじめて見る異形の怪物が、子どもの身体をわしづかみにしている。蝙蝠《こうもり》に似た黒い巨大な翼が、いやらしくはばたいていた。

「有翼猿鬼《アフラ・ヴィラーダ》！」

嫌悪《けんお》に満ちた兵士たちの声を耳にしながら、ジムサは強烈な斬撃《ざんげき》を頭上に放った。

空中で、有翼猿鬼《アフラ・ヴィラーダ》は大きく姿勢をくずした。あやうくジムサの斬撃をかわしはしたが、小さな獲物をとり落としそうになったのだ。ジムサのほうは、すばやく馬首をめぐらし、二度めの斬撃を放った。一度めよりさらに鋭く。

宙に赤く、血の花が開く。

子どもの身体をつかんだまま、有翼猿鬼《アフラ・ヴィラーダ》の両腕は胴から斬り離されていた。いきなり負荷《ふか》をうしなって、怪物は高々と天へはねあがる。子どものほうは、血を噴き出す怪物の両腕につかまれたまま、宙を落下して草の海に沈んだ。

「すぐに出てくるな。そこに隠れていろ」

子どもに声をかけながら、ジムサは上空を鋭く見あげる。容易ならぬ光景があった。切断された傷口から血の雨を降らせながら、怪物は空中でのたうちまわっていたが、力つきたか、まっさかさまに落下した。

血の尾を曳《ひ》いて草の海に沈み、そのまま姿を見せない。歓声をあげる兵士たちに、ジムサは、すぐ馬に乗るよう命じた。あの一匹だけで村人を皆殺しにしたとは思えない。

命令が終わるのを待たず、草の海を割って、あらたな黒影が舞いあがった。

「ジムサ将軍！」

兵士たちの叫び声は、動揺を隠しきれない。二匹め、三匹め、四匹め……さながら草から産《う》み出されるかのごとく、有翼猿鬼《アフラ・ヴィラーダ》が宙に躍り出る。

その背後に、遠く地平線がある。地平線の上空を黒々とした雲がおおい、ときおり光の大蛇が白銀色にきらめいて地に突き立つ。すぐに雷鳴がとどろかないのは、落雷した場所との間に、距離があるからだ。

暗雲と雷光を背景として宙に躍る怪物たちの姿は、へたな吟遊詩人《ぎんゆう》なら「悪夢のような光景」と謳《うた》ったであろう。徒歩の兵士たちがあわててそれぞれの愛馬に駆け寄る。怪物たちが歯をむき出し、上空からおそいかかる。

その姿が宙でのけぞった。雷鳴にまじって叫喚がひびきわたる。ジムサの吹矢が一匹の怪物に命中したのだ。咽喉《のど》をかきむしりつつなおジムサにせまる。ジムサはとっさに吹矢の筒を振りあげて、怪物を打った。

鉄を貼った吹矢の筒は、それ自体が殴打《おうだ》用の武器となる。したたかに顔面を打たれて、怪物は苦悶のうなり声をあげた。宙に飛散したのは、くだかれた歯だ。人血を吸ったためか、赤黒く光ったように見える。

兵士のひとりが鞍上からもんどりうって草の海に落ちた。怪物の爪で頸筋《くびすじ》を切り裂かれたのだ。爪から人血をしたたらせ、怪物は宙で醜悪な勝利の舞いを演じた。

騎手をうしなった馬は、恐怖に駆られ、あらぬかたへと疾走《しっそう》をはじめる。

「おい、待て」

兵士のひとりが叫んでも、馬はとまらない。もうひとりの兵士が、落馬した戦友を救おうと馬を寄せたが、べつの有翼猿鬼《アフラ・ヴィラーダ》がそれをさまたげるべく、翼と爪をひらめかせる。

狂乱した馬に、さらにべつの怪物がおそいかかった。馬と並行する形で、草すれすれの高度で宙を飛び、爪をふるって、馬の横腹を深々と切り裂いた。

不幸な馬は、なおよろめき走っている。切り裂かれた腹から太く長い腸が飛び出し、それを有翼猿鬼《アフラ・ヴィラーダ》が口にくわえて、草すれすれに翼をはためかせていた。ほどなく馬は力つき、弱々しいいなきをあげて草のなかに倒れこむ。

生きながら怪物に内臓を喰《くら》われる馬を、ジムサは助けてやりたかったが、手の出しようがなかった。彼は怒りと嫌悪に歯ぎしりしながら、恐怖にあえぐ馬をなだめ、兵士たちに指示を飛ばした。

「草の中にひそめ！」

つづけて指示する。

「背中あわせにかたまれ。たがいの背後を守りあうのだ」

四人の兵士たちが夢中で指示にしたがう。だが集結しようとしたひとりの兵士が、走りながら背後からおそわれた。怪物が兵士の頸筋にとりつく。黒々とひろがる翼が、おぞましい光景をジムサの眼から隠した。

もがきまわる兵士の下半身が鞍上から浮きあがり、手足がだらりとさがった。絶鳴《ぜつめい》がかさなりあった。ひとかたまりになったばかりの三人の兵士が、鮮血をはねあげて馬上でのけぞり、草のなかに転落する。草の間に立ちあがって、すぐにひそんだ人影。一瞬にひらめき終わった白刃を、たしかにジムサは目撃した。

直後に見たのは、草のなかから飛び出してジムサに近づこうとする子どもの姿である。

「そこにいろ」

草が強風にざわめいたので、ジムサは大きな声でもう一度、子どもに指示した。

「こちらへ来るな、離れていろ！」

さて、ジムサはトゥラーン人である。パルスに暮らして四年、とくに言葉に不自由はないが、トゥラーン訛《なま》りはいまだにぬけない。あわてたり過度に緊張したりすれば、文法上のまちがいを犯すこともある。このとき、どうやらジムサの言葉を、子どもはつぎのように受けとってしまったようであった。

「こちらへ来い、離れるな！」

少女はジムサに向かって駆け寄る。

ジムサは馬からとびおりた。徒歩になって草のなかにひそむつもりだったのだ。二、三歩走ったところで子どもがしがみついてきた。

「ちがう、ちがう、逆だ！」

どなったが、子どもは必死にしがみついて離れない。ジムサが味方とは理解したようだが、「やっとわかったか」といっているような場合ではなかった。

ジムサが王都からともなってきた五名の兵士は、精鋭《せいえい》といってよい。それが彼の眼前で一挙にうしなわれてしまった。そのうち二名までは、空からおそいかかる異形の怪物に殺されたのだが、のこる三名はそうではない。草のなかにひそむ人間に、斬り殺されたのだ。精鋭三名が抵抗もできずに殺されるとは、よほどの武勇の主にちがいない。

「おい、こまかいの、放せ、たのむから放してくれ！」

容易ならぬ敵《オフルール》が、すぐ近くにいる。全身全力をもって闘わねばならない。しかも正体不明の敵は、あきらかに異形の怪物どもと気脈《きみやく》を通じている。部下をすべてうしない、ジムサはただひとりで、人間と怪物の双方を相手にしなくてはならないのだ。

ジムサはうなり声をあげ、剣を逆手に持ちかえて、短く鋭く一閃させた。子どもの身体が後方にもんどりうつ。ジムサが自分の上衣《うわぎ》の裾を斬り落としたので、力あまって、裾の布地をつかんだまま、子どもは転倒した。

トゥラーン古来の習俗では、戦士が闘おうとして妨害されたとき、それを排除するために、あらゆる手段が許される。この場合、ジムサは、子どもの手を斬り落とすことすら許されるはずだった。尋常ではない苛烈《かれつ》さが、トゥラーン軍の勇猛をささえていたのだ。だが、ジムサはそうしなかった。子どもを傷つけずに行動の自由を回復すると、ジムサはただちに身体と剣を反転させた。頭上にせまった怪物の一匹に、したたか突きをあびせる。

有翼猿鬼《アフラ・ヴィラーダ》は腹部を刃につらぬかれ、そこから咽喉《のど》もとまで一気に斬り裂かれた。剣を引くと同時に、ジムサは草のなかをころがる。一瞬の後、ジムサがいた位置に、怪物の血が滝となって降りそそぎ、つづいて怪物の身体が落下した。草が落下の衝撃をやわらげ、地ひびきはおこらなかった。

憤怒と憎悪の叫喚をあげて、二匹の怪物が同時にジムサの頭上をおそう。その一匹が胴から血をほとばしらせ、一匹が口もとをおさえた。ジムサは草のなかをころがりながら、右上空の一匹を斬り、左上空の一匹に対しては口のなかへ吹矢を撃ちこんだのだ。

翼で空《くう》を打ちながら、怪物たちは草の海に墜《お》ちていく。ジムサは唾《つば》を吐いた。敵の姿が見えていれば、人だろうと猿だろうと、ジムサは恐れない。空を飛ぶということは、全身をさらすということだ。どこにいるかわかっている敵など、怖くはない。ジムサが恐れるのは、草のなかにいる何者かであった。

ジムサは自分の頸《くび》に手をかけ、紗《しゃ》のスカーフをほどいた。薄い布を小さく丸めると、それを口に押しこんだ。顔の下半分がすこし膨《ふく》れて、いささか滑稽《こっけい》な顔つきになったが、見ている者は誰もいない。誰もいないはずだ。

「ふん、滑稽なのは、おれの心持ちのほうだ。何をおれは恐れているのやら」

口に布をふくんだのは、どれほど驚愕《きょうがく》しても、とっさに声を発しないためであった。トゥラーン軍に身を置いていたころ、幾度となく敵に夜襲《やしゅう》をかけた。ジムサたちのほうが夜襲を受けたこともある。人間は口に布をつめ、馬の口には木の板を嚙《か》ませ、闇のなか、ひたすら沈黙を守って行動したものだ。

「そこまで用心しても、夜襲を看破《かんぱ》されたことがあってな」

と、ジムサは、おさないころ母方の祖父に聞かされた。

それはトゥラーンが大きく東方に勢力を伸ばした一時期のことで、絹の国《セリカ》の軍と干戈《かんか》をまじえたときだ。敵の将軍は風の通り道になる谷あいに陣を布《し》き、よく訓練された犬たちに、トゥラーン軍の人馬の匂いを嗅《か》ぎわけさせたのである。激戦の末トゥラーン軍は潰走《かいそう》し、兵の半数をうしなって、東方への進攻を断念させられたのであった。

気配を感じてジムサが屹《きっ》と振り向くと、いつのまにか子どもがすぐ近くにいる。

ジムサは左手の指を自分の口に突っこみ、紗を引っぱり出した。

一語一語はっきりと発音する。

「声を出すな！　死にたくなければ、黙っていろ。いいな」

命じられた子どもは、表情を凍らせたままうなずく。あらためて紗を口にふくむ前に、ジムサは言いきかせた。

「おれのいうとおりにしていれば、かならず助かる。わかったな」

子どもが信じたかどうか、わからない。それ以上、念を押す余裕もなく、ジムサは、眼前の光景を見守った。

敵が立ちあがっている。たがいに草の海にひそんでいては、いつまでも埒《らち》があかぬ。そう思ったのだろうか。

ジムサは目を疑った。その人物はトゥラーンの甲《よろい》を着ていたのだ。

V

「親王《ジノン》イルテリシュ……！」

胸のなかで、驚愕の叫びが爆発した。それは声となって体外にほとばしるはずだったが、口にふくまれた紗が、声をふさいだ。

その人物はゆっくり四方を見まわした。

巨体に見えたが、じつは中背だ。たくましい筋骨《きんこつ》や、力感に富む動作、猛禽《もうきん》を思わせる眼光、堂々たる歩調などがあいまって、巨体のような印象をあたえるのである。甲は着ていても冑《かぶと》はかぶっておらず、はっきりと顔が見えた。ジムサのよく見知った顔である。双生児《ふたご》でもないかぎり、かつてのトゥラーン国で親王《ジノン》と称されていたイルテリシュにまちがいない。

「親王《ジノン》は生きておられたのか……だが、いったいどうやって？」

イルテリシュは国王《カガーン》トクトミシュを弑殺《しいさつ》して、その地位を奪った。ジムサはそのことを知ってはいたが、直接に見たわけではない。イルテリシュの簒奪《さんだつ》と敗亡《はいぼう》とを、彼はペシャワール城の一室でパルス人から知らされたのだ。

「親王《ジノン》は生きてはおられまい」

自然にそう思ったのは、イルテリシュの為人《ひととなり》を知っていたからである。初陣《ういじん》以来、十数年、ともにトゥラーンの敵と戦ってきたのだ。イルテリシュの苛烈さ、誇り高さを、ジムサはよく承知していた。みじめな失敗をかさね、流亡《るぼう》の身となっておめおめと生き永らえていられるような男ではなかった。人知れず自裁《じさい》したものと、ジムサは信じていたのだ。

「いや、ちがう」

冷たい汗が、ジムサの額《ひたい》から頰へ伝わり落ちた。

「あれは親王《ジノン》ではない。親王《ジノン》の外見をしているが、親王《ジノン》ではない。何かまったく別のものだ……いったい何者だ」

迷信じみた悪寒《おかん》がジムサをとらえ、彼は立ちあがることができなかった。草に身をひそめたまま、二歩ほど後退すると、何かに腰が触れた。息をのみ、全身をこわばらせつつ、かろうじて振り向く。子どもの姿を見て、肩から力が抜けた。

「……おどかすな」

紗を口にふくんだままなので、人語とは思えない奇妙な声になった。このような状況ながら、子どもがわずかに笑ったようにも見えたが、確認する気もせず、ふたたびジムサは草の間からイルテリシュを観察した。

イルテリシュは目を細めて、地平線上の雷雲を遠望している。堂々たる姿だが、徒歩でいること自体がおかしい。この茫々《ぼうぼう》たる草原のただなかへ、徒歩でやって来たというのだろうか。馬にも乗らず、いったいどうやってここまで……。

親王《ジノン》イルテリシュは、パルスの双刀将軍《ターヒール》キシュワードをして、「トゥラーンの狂戦士」と呼ばせた男である。その闘いぶりは狂熱的であり、指揮ぶりは苛烈をきわめ、覇気と野心にあふれ、あらゆる意味で危険な梟雄《きようゆう》であった。だが、ジムサの記憶するかぎり、これほど人外の妖気をただよわせてはいなかったはずだ。

トゥラーン人は太陽神《ダヤン》をはじめとする自然界の神々を信仰してはきたが、どちらかといえば彼らの価値観は即物的であった。よく戦い、よく勝ち、より多く掠奪《りやくだつ》し、より公正に分配するのが、理想的な王者なのである。イルテリシュは強く猛々《たけだけ》しく、よく食べよく飲み、女を抱き、財宝を欲《ほっ》した。あくまでも俗界の勇者であって、妖術だの魔道だのとは縁がなかったのだ。

いったい親王《ジノン》に何があったのか。

不意に頭上で不快な叫び声がおこった。宙を旋回《せんかい》しつつ、有翼猿鬼《アフラ・ヴィラーダ》の一匹がジムサに指先を向けている。草のなかにひそんだ者がいる、とイルテリシュに教えたようだ。

「そこにおるのは何者だ」

不気味《ぶきみ》なひびきではあるが、たしかに聞きおぼえのあるイルテリシュの声である。口にふくんだ紗をひっぱり出し、ひとつ息を吐き出すと、覚悟を決めてジムサは立ちあがった。視線の矢が突き刺さってきた。

「……きさまは誰だ？」

それはおれの台詞《せりふ》だ、と、ジムサは内心でつぶやいた。冷たい汗が、いまやまさに凍《い》てつかんばかりだ。やはり、この男は親王《ジノン》イルテリシュではない。皮膚の外側はともかく、内側は絶対にそうではない！

「お忘れとはなさけない、ジムサでござる」

「ジムサ……？」

イルテリシュの声には、本来の精悍《せいかん》さがまったくなかった。両眼は光っていたが、それは外からの光を鈍く反射しただけのもので、深い井戸のように黒々と暗い。ジムサの名を聞いても、何も憶《おも》い出さず、感じることもないようであった。

「そのジムサが、このような場所で何をいたしておるのか」

当然の質問である。質問の主が、真実《まこと》のイルテリシュであるなら。だが、そうではないことを、ジムサは知っていた。目を伏せたのはほんの二、三瞬だが、その間に、答えを考えていた。

「他に何もござらぬ、ひとえにトゥラーン国を再興するため準備しております」

「トゥラーン国？　再興？」

ひとつひとつ単語の意味をたしかめるようにつぶやく。

「さよう、親王《ジノン》もご存じのごとく、無限にひろがるこの草原は、はるか北方の凍土《とうど》に至るまで、本来トゥラーンの領土でござった。それがいまや、国もなく主もなく、空白の状態。

このままにしてはおけませぬ」

ジムサは言葉を切り、イルテリシュの反応をうかがった。思わぬ答えが返ってきた。

「トゥラーンなど、どうでもよいわ」

「何とおおせある……!?」

「トゥラーンなど、どうでもよい。そう申したのだ」

ジムサは失望の身ぶりをしてみせた。

「これはしたり、親王《ジノン》のお言葉とも思えませぬな。親王《ジノン》ほどトゥラーン人としての誇りを抱き、栄光と勝利を望んでおられたお人は、他におられなかったものを」

「トゥラーンより貴重なものが、いまの予にはあるのだ」

「それは何でござる?」

測《はか》るような質問に、即答《そくとう》が返ってきた。

「蛇王ザッハークさま」

いまさらながら、ジムサは親王《ジノン》イルテリシュの顔を見なおさずにいられなかった。

パルスの宮廷につかえ、王都エクバターナに住むようになってから、ジムサはパルスの習俗《しゅうぞく》についても学び、蛇王ザッハークの名も幾度となく耳にした。トゥラーン人のジムサにとっては、異国の邪神《じゃしん》としか理解できず、文明国パルスの民が本気でザッハークを恐れるのを、内心、ばかばかしいと思っている。だが、ジムサとおなじトゥラーン人であるイルテリシュが、蛇王に対して敬称をつけるとは。

「解《げ》せぬことを、おおせある。ザッハークなる者は、パルス人にとっての邪神。トゥラーン人たる者が崇《あが》めるものではござるまい」

VI

「この痴《し》れ者が！　ザッハークさまの御名を呼びすてにしおったな！」

ひときわ大きい雷鳴をすら、イルテリシュの怒声《どせい》は圧した。うなりを生じておそいかかる斬撃《ざんげき》。とびのいてジムサはかわした。弧《こ》を描いた白刃は、半瞬の差でジムサの胴を両断しそこねた。

「すこしは使えるな」

たけだけしくイルテリシュは大剣をにぎりなおした。

「農民や雑兵など、百人殺してもおもしろみがないわ。せめて汝《なんじ》ていどの技倆《うで》を持っていてほしいもの。待ってやるから剣を抜け」

ジムサはうめいた。

「親王《ジノン》」

「何だ」

「親王《ジノン》は悪い酒に酔っておられる。そうとしか、おれには思えぬ。早くお醒《さ》めなさい」

「たわごとを！」

剣の暴風がおそいかかってきた。

頸を横なぎに斬り飛ばそうとする猛撃を、ジムサは受けた。まともに受けとめるのではなく、刃を半ば寝かせ、敵の勢いを殺《そ》いだのだ。イルテリシュの刃は宙に流れたが、それでも火花と刃鳴りがわきおこり、異常なほどの圧力がジムサの手や腕をしびれさせた。刃が流れても、イルテリシュの体勢はくずれない。一瞬にして手首をひるがえすと、まったく逆の方角からジムサの胴をねらって斬りあげてきた。ジムサも手首と腰を同時にひねり、おそるべき斬撃を寸前ではじき返す。またしても火花と刃鳴りが四方に飛散した。

両者ともに反転して体勢をたてなおす。

黒々とした雷雲は、地平線上を左から右へ、ゆっくりと移動している。ときおり雷鳴がとどろくが、もはやジムサの耳にははいらなかった。

撃ちあいは五十合におよんだ。軽捷《けいしょう》さにおいて、ジムサはイルテリシュをしのいだ。剣さばきの巧緻《こうち》さにおいても、まさったかもしれない。だが、イルテリシュの剛速の剣には、技巧など蹴散《けち》らしてしまう迫力と圧力がそなわっていた。ジムサの剣尖に、戦衣を切り裂かれ、皮膚をかすられ、血が流れても、平然として踏み出し、正面から斬りこんでくる。

ジムサは無傷であった。だが、いささかも優勢ではないことを、ジムサ自身が知っていた。重く鋭い斬撃をはね返すつど、ジムサは疲労していく。汗が飛び、呼吸が乱れ、腕や脚が重くなる。

「このままではやられる」

ジムサにとって、最初の傷が致命傷となるであろうことは確実だった。吹矢を使いたいが、取り出して口にくわえようとするところを、脳天《のうてん》から両断されるにちがいない。

絶望はしなかった。自分でもおどろくほどの怒りがジムサの胸中にたぎっている。

「真実《まこと》の親王《ジノン》に斬られるなら是非《ぜひ》もないが、こんな人妖《ばけもの》に殺されてたまるか。相撃《あいう》ちになってでも、討ちはたしてくれる」

ジムサが二歩つづけて後退し、必殺の突きをくり出そうとしたとき。

「待て、イルテリシュ」

イルテリシュを呼びすてにする声がして、トゥラーンの狂戦士は動きをとめた。

「なかなか、おもしろい奴。それに、汝にもよき片腕が必要であろう。もともと、パルス国に恩義などなかろうし、利を喰《くら》わせて蛇王さまの下僕としてくれようぞ。汝は手を出すな」

湧《わ》くがごとく、暗灰色の人影がイルテリシュの横に出現している。それも信じがたい光景だったが、さらに唖然《あぜん》としたのは、あの誇り高い親王《ジノン》が、唯々《いい》として大剣を引き、指示にしたがったことであった。

「きさまが傀儡師《くぐつし》か！」

ジムサの剣がうなりを生《しょう》じた。イルテリシュではなく、暗灰色の人影めがけて。

「聞く耳を持たぬか」

音もなくかわして、魔道士ガズダハムは舌打ちした。

「イルテリシュと同様、それがトゥラーンの蛮風《ばんぷう》と見える。度しがたい蒙昧《もうまい》の徒よな」

「やかましい！」

ジムサは躍りかかった。イルテリシュが手を出さぬなら、その眼前で暗灰色の衣を血に染め、親王《ジノン》の迷妄《めいもう》をさましてやる。

瞬間。魔道士の姿がかき消えた。ジムサの剣が空《くう》を突く。すばやく左手に吹矢の筒をにぎり、ジムサは四方を見まわした。

「上！」

鋭い叫びが、子どもの口から発せられた。

それとわかったとき、すでにジムサの剣は宙に銀色の半円を描いていた。

黒い石像のごとく、ジムサの頭上に落ちかかってきた魔道士は、その斬撃をまともにあびるはずだった。だが、そうはならなかった。

魔道士は脚をちぢめたのだ。ジムサの刃は、その靴底を浅く斬り裂くにとどまった。

魔道士の脚が伸び、ジムサの肩を蹴ると、その反動を利して横へ跳《と》ぶ。宙で一回転し、草のなかに降り立った。腹まで草に隠れながら、ジムサに向かって、あざけるような身ぶりをしめす。その瞬間。

ジムサの吹矢が風を裂いて飛んだ。

とっさに魔道士はかわそうとしたが、まにあわぬと看《み》てとると、右手で右眼をかばった。右手の甲に吹矢が突き刺さったくらいでは、致命傷にならない。

だが、ジムサの吹矢の威力は、魔道士の想像をこえていた。銀色の小さな雷光は、魔道士の右手の甲をつらぬき、その鋭い尖端は掌《てのひら》から飛び出して、そのまま右の眼球に突き刺さったのである。

苦痛の絶叫が、ジムサの耳をおぞましくたたいた。魔道士は転倒した。右手を右眼にあてたままだ。彼の右手は吹矢によって右眼に縫いつけられた状態だった。

「ひ、ひいッ……ひいい……！」

叫びながら、魔道士は地をころがる。ちぎられた草が舞いくるう。

「思い知ったか」と、ジムサはトゥラーン語でどなり、パルス語で「ざまを見ろ」とつけ加えた。飛びついてくる子どもを左腕にかかえあげる。

魔道士は左手を動かした。右手の甲から生《は》えた吹矢をつかみ、渾身《こんしん》の力をこめて引きぬく。またしても絶叫がほとばしった。魔道士は吹矢を引きぬくことによって右手の自由を回復したが、同時に、みずからの右の眼球を引きずり出してしまったのだ。

血まみれの右手に、自分自身の眼球を握りしめると、魔道士は、見える左眼と見えない右眼でジムサをにらんだ。赤く染まった顔が、すさまじいばかりにひきつっている。

「赦《ゆる》さんぞ、トゥラーン人め、よくも、よくも、おれの右眼を奪いおったな」

「赦さんのは、こちらのほうだ！」

左腕に子どもをかかえたまま、ジムサは右手に剣を握りなおし、魔道士めがけて突進した。否、本人はそのつもりであったが、子どもをかかえて本来の快足を発揮することができなかった。それどころか、もつれた草に足をとられ、みごとに転倒してしまった。子どもの小さな身体も草の上に投げ出される。

はね起きると、ジムサはむやみに剣を振りまわした。手ごたえはない。苦悶《くもん》する魔道士の姿も、消えてしまっている。

「おぼえておれ。かならず殺してやる。汝の両眼をえぐりとって殺してやるぞ……」

呪詛《じゅそ》に満ちた声が宙に吸いこまれていく。魔道士のたわごとなどジムサは聞いていない。

「親王《ジノン》は？」

毛をさかだてる胡狼《ジャッカル》さながら、身がまえつつジムサは周囲に視線の矢を飛ばす。二度めに左前方を見て、そのまま動けなくなった。

この日、信じがたい光景を、ジムサは何度、見たことであろう。もはやおどろくことはあるまい、と思っていた。だが、おどろきというものは、話に聞く海の水のごとく、尽《つ》きることがないらしい。

四頭の有翼猿鬼《アフラ・ヴィラーダ》が、空から舞いおりてきたのだ。

ジムサを攻撃する意図はなさそうだった。怪物たちは四頭がかりで何かを吊《つ》りさげていた。太く強靭《きょうじん》そうな綱が四本、それらが大きな皿を吊《つ》りさげているかと見えたのは、ごく底の浅い籠《かご》だった。獣皮《じゅうひ》や麻で編《あ》まれているようだ。

それを見て、ジムサはさとった。馬にも乗らず、イルテリシュがどうやって草原のただなかへやって来たかさとった。

おお、太陽神《ダヤン》よ、親王《ジノン》イルテリシュは空を飛んでこの地へやって来たのだ！

籠が地上に降りると、イルテリシュは平然とそれに乗りこんだ。

「ジムサよ、汝が空を飛ぶことができたら、相手になってやろう。それとも、足を地から離すのはこわいか」

「親王《ジノン》……」

ジムサの声が、ついにふるえた。

「親王《ジノン》、あなたはもう人間ではないのか」

痛切《つうせつ》なその問いに、イルテリシュは答えない。あざけるというより、そのような問いに関心がないようであった。

「予《よ》はトゥラーンとパルスの地を統一する。そして、予のために選ばれた女との間に子を儲《もう》ける。その子が、地上における蛇王ザッハークさまの代理人として、汝らを永《なが》く統治することになる。楽しみにしておれ」

イルテリシュが綱の一本をつかんで引っぱった。それが合図であったのだろう、四匹の怪物は渾身《こんしん》の力をこめて籠を宙に引きあげはじめた。

イルテリシュの身体が宙に浮揚し、ゆっくりと上昇していく。ジムサを見おろしつつ、嘲弄《ちょうろう》する形に口が開いた。毒に満ちた笑声をのこし、雷雲の方角へ飛び去っていく。

吹きわたる風に、何百万何千万もの草がざわめく。それが草原に満ちあふれる悪霊どもの嘲笑に思われて、ジムサほど豪胆《ごうたん》な男が恐怖に圧倒された。

しばらく茫然と立ちつくしていたようだ。手を引かれて、ふと気づくと、子どもが深い色の瞳でジムサを見あげている。わずかな間を置いて、馬のいななきが聞こえた。生きのびた馬がいたようだ。

ジムサは子どもを抱きあげ、馬のいる方角へ歩き出した。すこしでも早く王都エクバターナへ帰還し、この奇怪な事件について、国王《シャーオ》に報告せねばならなかった。

Ⅶ

「……王都にたどり着くまで五日かかりました」

そう話し終えたジムサが、ひと息つくと、

「御前ながら失礼」

そういって立ちあがった。小用をたす、と告げて広間から出ていく。座をはずすから、その間に遠慮なく自分の話を吟味《ぎんみ》してくれ、というのだ。一同は諒解した。キシュワードがまず口を開く。

「ナルサス卿の考えは？」

「ジムサに、嘘《うそ》をつく理由はない。つくり話をする趣味もない。事実だろう」

「ふむ、これはあくまでも議論の種として持ち出すのだが、トゥラーンの狂戦士がたしかに生きており、祖国の再興を図《はか》っている、という可能性はないか。その志《こころざし》に打たれて、ジムサが協力しているとしたら？」

「もしそうだとしたら、ジムサはむしろイルテリシュの生存を秘匿《ひとく》するだろう。あのように信じがたい話ではあるが、イルテリシュが何らかの形で姿をあらわした、などと告げれば、我らは彼の名を記憶の底から呼びおこし、万一にそなえて用心する。イルテリシュにせよ、ジムサにせよ、トゥラーン国を再興するつもりなら、すべて秘密裡《ひみつり》に事を運ぶだろう」

「たしかに、イルテリシュの名など忘れておった。この三年間、今日まではな」

キシュワードの歎息《たんそく》に、一座がうなずきで応《こた》える。トゥラーン国の親王《ジノン》イルテリシュは、パルスにとって恐るべき雄敵《ゆうてき》であったが、すでに過去の存在であった。

アルスラーンが臣下一同の注意をうながした。

「それに、あの子どもだ。ジムサの報告の真偽《しんぎ》について語る貴重な生証人《いきしようにん》だろう？　ジムサに、うしろぐらいところがあれば、エクバターナにつれては帰るまい」

ダリューンが大きくうなずいた。

「これまた、たしかに。子どもに偽《いつわ》りの証言をさせるほど、むずかしいことはござらぬ。今宵《こよい》、王都でおこった件と照らしあわせても、ジムサの話は信用できましょう」

腕を組んで考えこんでいたエラムが、師であるナルサスに顔を向けた。

「気になることはいくつもありますが、イルテリシュの妻となるべき女とは、いったい誰のことでしょう?」

「さあ、見当もつかんな」

そうとしかナルサスも答えようがない。

「いずれ魔性の女だろうが、ここで首をひねっていても、答えが出るものではない。とりあえずイルテリシュの行方を捜索するのが、対策の手はじめだな」

「虎に指揮されれば、羊の群れも狼の群れに勝つ、と申します。イルテリシュのように猛《もう》悍《かん》な男が、有翼猿鬼《アフラ・ヴィラーダ》や食屍鬼《グール》の群れをひきいて進撃してくる姿を心に描いてみてください。私はかなり悪寒《おかん》をおぼえます」

「エラムに同感だ」

アルスラーンが深刻な表情でうなずいたとき、わざとらしい足音がひびいて、ジムサがもどってきた。

「居心地《いごこち》がよいので、つい長くなりました」

妙な台詞をまじめくさって口にするので、パルス人たちは苦労して笑いをこらえた。それを承知してかどうか、ジムサはさりげなく問う。

「あの子どもは、もう寝ましたかな」

「妻がついておるゆえ、心配はいらぬ」

そう答えてから、キシュワードは、謹厳《きんげん》な顔をほころばせた。

「ほう、やはり心配か、ジムサ卿」

「いや、べつに心配はしており申さぬが……」

苦《にが》いというよりも、しぶい表情をジムサはした。無愛想な男だが、トゥラーン軍を離脱してパルス国の将軍となった経緯《いきさつ》から、キシュワードに対しては一歩ゆずる姿勢を見せ、ザラーヴァントとは比較的親しい。

ダリューンが尋ねた。

「ところで、あの子どもの名は何という?」

「さて」

「何だ、知らぬのか」

「ずっと『こまかいの《オフルール》』と呼んでいたのでな。それでべつに、いやだともいわれなかったし」

やさしいのか冷淡なのか、よくわからないことをいう。

「ジムサ卿、よく貴重な報告をたずさえて、無事に帰ってきてくれた」

アルスラーンが慰労《いろう》すると、ジムサは一礼したが、頭をあげて、憮然たる口調になった。

「陛下からはありがたいお言葉をいただきましたが、どうもおれとしては不本意です。大将軍《エーラーン》と話しあってわざわざ出かけながら、本来の使命をはたせませんでしたので」

北方草原に城塞をきずくための調査行であったはずだが、それどころではなくなってしまった。今後、調査を継続するにせよ、イルテリシュの行方を求めるにせよ、よほどに覚悟して準備をととのえる必要がある。

ナルサスが若い主君を見やった。

「陛下、以前にも申しあげたかと思いますが、作戦というものは、もっとも弱い兵士を基準にして立てねばなりません。ダリューン卿やジムサ卿の武勇は讃《たた》うべきですが、それをもって、有翼猿鬼《アフラ・ヴィイラーダ》や食屍鬼《グール》をあなどれば、後に悔いることとなりましょう」

黙然と、一同は耳をかたむけた。

「魔と呼ばれる者どもが、集団で来襲してきたとき、どのように対処するか。兵の強弱に個人差があるように、魔においてもそれはありましょうが、だいたいのところ、一匹の魔に何人の兵士をあてればよいのか、私はそれを知りたいのです」

半ばは自分に語りかけているようだ。一度、両眼を閉じ、ふたたび開いて語をつづける。

「たとえばの話ですが、一匹の魔に対して十人の兵が必要だといたしますと、千匹の魔が来襲したとき、こちらは一万人の兵を動員せねばなりません。その際、誤って五千人の兵ですませようとすれば、結局、五千人すべてをうしなうことにもなりましょう」

ナルサスが口を閉ざすと、沈黙がおりた。それを破ったのはジムサだ。

「陛下におわびいたします」

「どうしたのだ、ジムサ卿。そなたは賞されるべきで、咎《とが》めを受ける理由は何もない」

「いえ、あまりに奇怪なことで、だいじなことを忘れておりました。陛下の兵をむなしく死なせ、申しわけがございません」

アルスラーンはうなずき、ジムサに労《いたわ》りの言葉をかけた。怪物に殺された兵士たちは気の毒だが、遺族には手厚く酬《むく》いる。不幸なラジカの村人たちも機会を見て慰霊《いれい》し、再建の途《みち》をさぐるから気に病《や》まぬように、と。

ナルサスがダリューンにささやいた。

「一度や二度の戦いに敗《やぶ》れても、国王《シャーオ》に対する民の信頼はゆるがず、むしろ国礎《こくそ》はかたまる。そうあってほしいものだ」

「といって、まさかわざと敗れるわけにもいくまい」

「そこさ」

ナルサスの眼が壁ごしに彼方《かなた》を見つめる。

「アトロパテネの大敗北が、その後のパルス国にとって出発点となった。陛下におつかえしてより、我らは一度として敗北を知らぬが、それは人界でのこと。魔の軍勢を相手にすれば、あらゆる計算をやりなおす必要がある。たとえばシンドゥラ国との同盟とかな」

ダリューンがたくましい肩をすくめた。

「シンドゥラ国王は、利益が見込めるとなれば、妖魔どもとでも手を結びかねん御仁《ごじん》だぞ」

「そして結局、自分自身が妖魔の餌《えさ》になる」

ナルサスは笑いをまじえて語ったが、かるく首をかしげた。

「ただ、それも、妖魔どもがかならず勝つ、という根拠を確認した上でのことだ。それに、ラジェンドラ王が妖魔に心からの忠誠を誓うはずもない。むしろ妖魔の足を引っぱってくれるかもしれんぞ」

「おいおい、共食いさせる気か」

「蛇王ザッハークと共倒れ、ということになれば、ラジェンドラ王も、まことに人界の大功労者として美名を遺《のこ》すことになろうよ」

ふたりが隣国の王者に対して失礼なことを放言していると、それを耳にしてアルスラーンが顔を向けた。

「いまそなたらが話していたこと、あらためて明日にでも王宮で聞かせてくれ。どうも近いうちまた出陣しなくてはならないようだからな。どのあたりが戦場になるか、ナルサス卿に教えてもらいたい」

「戦いとは荒野でおこなわれるべきです。戦場となる以外に、使い途《みち》のないような。陛下には、とうにご承知のことと存じますが、あえてお覚悟を願いあげます」

「わかっている。エクバターナを、二度と戦場にはしない」

静かな、だが確固たるアルスラーンの口調だ。その横顔を見やって、エラムは内心で安《あん》堵《ど》する。よかった、陛下は国や民を放り出して市井《しせい》に隠れるようなことはなさらない、と。

第四章　孔雀姫《ターヴース》

I

雲が低く垂れこめながら雨は降らず、湿気だけが増していく。風が吹いてもそれほど涼しさは感じられないが、無風よりはましだ。昼の間、何とか生命を保っていれば、夜になってひと息つける。そうやってミスル人は何百年も生きてきた。彼らは冬の間に一年分働く。夏になると、彼らの仕事は、「生きのびてつぎの冬を待つ」の一事なのである。

西方アシュリアル地方において五千人の野盗集団を掃滅《そうめつ》して以来、ヒルメスは平穏《へいおん》な数日を送っていた。パルス暦でいえば三二五年七月のことである。

「万事、涼しくなってからだ。こう暑くては、知恵も溶《と》けて流れてしまう。ミスルに在《あ》っては、ミスル人のごとくあるべし」

秋の到来とともに、ヒルメスは動き出すつもりである。それまでは休息といきたいところだが、やっておくべきことがあるのだった。

「おれの偽者に会っておかなくてはな。どのていど使える奴か、確認しておく必要がある。

まあたいした奴ではあるまい。みすみすザンデを死なせ、自分の手足をもがれて何もできずにいる奴だ。油断さえしなければ、足をすくわれることもなかろう」

三日に一度ほど、ヒルメスは「ヒルメス王子」との対面をミスル国王ホサイン三世に願い出ているが、まだ許可がおりない。あまり執拗《しつよう》でもうとまれるだろうが、まったく願い出なければ不審感を抱かれる。それが三回くりかえされたが、反応はなかった。

ヒルメスにとっては平穏な日々であったが、東方のパルス王国ではさまざまな怪異と事件があいつぎ、廷臣たちが東奔西走して解決にあたっている。むろん、ヒルメスの知るところではない。パルスに手を伸ばす前に、ヒルメスはまずミスルの国権を掌中《しょうちゅう》におさめなくてはならなかった。

その日は午後に激しい雷雨があった。雨があがると、ミスルの夏としては稀有《けう》なことに、日没前に涼しくなった。

生気をとりもどした人々が街路にあふれる。ヒルメスは馬に乗り、ひとりでディジレ河の岸辺へと出かけた。外気に触れ、身体を動かしたかったのだ。

はじめて見る者には、奇妙な光景にちがいない。大河の岸に黒い円形の影がならんで、さまざまな速さで回転しているのが見えた。

それが河の水を汲《く》みあげる水車の群れだとわかると、見る眼がちがってくる。ミスル国の領土は砂漠や荒野が多いが、ディジレ河両岸の沃野《よくや》は、諸国が羨望《せんぼう》してやまぬ豊かさで、一年を通じて大量の作物を産するのだ。

「これがミスル国の富の源泉なのだな」

強い日射《ひざ》しの下、まわりつづける水車の列を、しばらくヒルメスはながめていた。

「おれもすこし民政に興味を持たなくてはならんな。『国王が交替してよかった』と民衆が思うのでなければ、国を簒《うば》っても永《なが》くはつづかん」

そう心にうなずいたとき、声がかかった。徒歩で近づいた男が、背後から呼びかけたのだ。

「クシャーフル卿！」

自分のことだと気づいて、ヒルメスは、声のする方角に視線を向けた。

「失礼、すこし考えごとをしておりましてな。グーリイ卿には何ぞ御用で？」

宮廷書記官長のグーリイは、馬をおりようとするヒルメスを、かるく手をあげて制した。

「お気になさるな。私は、異国からのお客を出迎えにまいったところで」

「お出迎えとは？」

「ナバタイ東王国より使者がまいったのでござるよ。貢《みつ》ぎ物を送ってくるついでに、いくつか報告をたずさえてきましてな」

「何やら南方国境に異変でも？」

ヒルメスが、多少はミスルの事情に通じているところを見せると、グーリイは、異国人の早合点《はやがってん》をかるく笑いとばした。

「異変は異変、と申しても兵乱《へいらん》ではござらん。ディジレ河の上流地方が、ずいぶんと豪雨にみまわれたようでしてな」

「ほう」

あいまいにヒルメスが応じると、グーリイは、説明をつけ加えた。

「ディジレ河の水量が増すわけで、洪水になる恐れあり、と警告を発してきたのでござる。ま、洪水が発生したとして、国境に達するのは明後日あたり、王都に達するのはさらに五日ほど後でござろう。その間に、対策を立てればよいのです」

「さすがに大河ですな」

ヒルメスが感心してみせると、グーリイは、ミスル人としての自尊心をくすぐられたらしい。

「何年かに一度かならずあること。いちいちおどろいてはいられません。洪水が去ってしまえば、肥沃《ひよく》な泥が残って、これがわが国の耕地を豊かにしてくれます。堤防も水路も水車も、洪水を計算にいれて建設されました。もう何百年も昔からのことです」

グーリイの背後を行列が通っていく。水牛の牽《ひ》く車が何台か、それに徒歩の人々。大半の人は黒や褐色《かっしょく》の肌だが、幾人か白い肌の者もいた。

「あれがナバタイ人でござるか？」

「さよう」

「彼《か》の地には、肌の黒い人々だけが住んでいるものと思っておりましたが」

「もともとはそうですが、他の土地から移り住む者もおりますからな。西ナバタイは完全に内陸にありますが、東ナバタイは海に面しております。海路でパルスやシンドゥラなどの国々と結ばれておりますゆえ、移住してくる者もおりますし、血も混じります」

「なるほど」

通りすぎる車の窓から、人影がこちらを見ているような気もするが、逆光なのでよくわからない。

「ナバタイ国はミスル国より南方、さぞ暑い土地なのでしょうな」

「それが案外、そうでもないとかで。たしかに南方の土地ですが、山岳や高原がつらなり、低地のミスルより涼しいくらいだそうです」

「ほほう」

「といって、むろん寒くもない。私自身は、ナバタイへ赴《おもむ》いたことはありませんが、妻の兄が使者として西王国へいったことがありましてな。なかなか住みやすいところのようです。もっとも、猛獣の害やら、部族どうしの抗争やらで、いろいろ問題はあるようですが」

宮廷書記官長のグーリイは、ヒルメスに対する「客将軍《アミーン》クシャーフル」の呼び名を考案した男だ。痩《や》せて水気のとぼしい容姿は、「歩くミイラ」と蔭口《かげぐち》をたたかれているが、ミスル宮廷の実務を無難にこなし、役人たちをとりまとめている。法令や公式記録にも精通しており、だからこそ「客将軍《アミーン》」という称号の前例を持ち出すことができたのだ。ヒルメスとしても、グーリイをとくに忌《い》みきらう理由はない。むしろ交際を深めて、その知識や人脈を活用したいところである。礼儀ただしく申し出た。

「書記官長どのには、今後もいろいろ教えていただきたく存ずる。よろしければ、一度、拙宅《せつたく》で葡萄酒でもいかが？」

グーリイは鷹揚《おうよう》にうなずき、別れを告げて、ナバタイ人の列にもどっていった。

II

ミスル国の南方にも、もちろん国がある。黒い肌の人々が住む国で、ナバタイと呼ばれるが、現在は東西ふたつの王国に分かれており、ディジレ河の上流にひろがる広大な高地を支配していた。

東西ナバタイ王国の、さらに南には密林と草原がひろがり、いくつかの国がある。いずれも小さく、豊かとはいえず、短期間に王統《おうとう》が変わり、政治的に安定しないので、ミスル人にとっては、国名をおぼえることさえ、めんどうくさい。「ディジレ河のずっと上流」とか、「ナバタイの南のほう」とか呼んですませている。また、それで日常的にこまることは何もない。

庶民と異《こと》なり、為政者《いせいしゃ》の場合には、いますこし精確《せいかく》な知識が必要である。この二百年の間に、ほんの数回ではあるが、ナバタイが統一され、野心的な王があらわれて、ミスル国への侵攻を企図《きと》したことがあるのだ。

南方からの侵攻は、例外なく、水陸両面から同時におこなわれる。陸上部隊の北進にあわせて、ディジレ河を船団が下っていき、たがいに呼応《こおう》して戦いをしかけるのだ。

もともと国力がちがうので、南方からの侵攻が全面的に成功した歴史上の実例はない。それでも、町や村が焼かれ、物資が掠奪され、民衆や兵士に死者が出る。奴隷にされるため拉致《らち》されて還ってこない者もいる。国境の守りはおろそかにできず、ミスル国の宮廷は、つねに一万以上、多いときには三万余の兵を南方に配置していた。

この「南方軍」はミスル国にとって必要不可欠《ふかけつ》のものだが、彼らを養う経費と物資も、すくない負担ではない。また、北方や王都アクミームで兵乱が生《しよう》じても、うかつに南方軍を動員すれば、南方に兵力の空白ができる。

南方軍の指揮官は「都督《キャランタル》」と呼ばれ、歴代、名うての宿将《しゆくしよう》が任命されることになっていた。

現在、南方軍都督《キャランタル》の地位にあるのは、カラベクという人物である。兵を指揮するにしても東西ナバタイ王国と交渉するにしても、充分な手腕と実績を持った老将軍だが、この年にはいって宮廷に上書《じようしよ》してきた。

「私めは南方軍都督《キャランタル》の任にありますること、すでに十四年、年齢も七十になろうとしております。陛下に対する忠誠の念は、いささかも衰えてはおりませぬが、さすがに暑熱《しよねつ》が徹《こた》えるようになりました。願わくば退任をお許しくださいますよう。国王陛下に千年のご寿命のあらんことを、神々にお祈りいたします」

カラベクは利殖《りしよく》においてもなかなか抜け目のない人物で、南方からもたらされる象牙《ぞうげ》、黒檀《こくたん》、香辛料《こうしんりよう》、黒人奴隷《ザンジ》などの売買に介入し、巨万の富をきずいていた。富をひとりでかかえこめば、他人の嫉視《しつし》反感を買うものだが、カラベクは富の一部を有力な部下や宮廷の要人にばらまき、いたって評判がよかった。嫉妬心と猜疑心《さいぎしん》の強いマシニッサでさえ、何度も高価な贈り物を受け、世代がちがうせいもあって、カラベクに好意的だった。

ミスル国王ホサイン三世が、カラベクの上書について話題にしたのは、ヒルメスがディジレ河畔でグーリイに遇《あ》った翌日のことである。

ホサイン三世は高官たちに告げた。

「カラベクもそろそろ七十歳になるか。たしかに隠居して涼しい土地で余生を送ってもよいころだ。だが、カラベクの後任に誰をすえるか、それが問題だな」

「カラベク卿には、息子が三人おります。長男はすでに四十歳をこえ、地方の知事や部隊長を歴任して、経験も豊か。この者を父親の後任にすえたらいかがでしょうか」

うなずいただけで、ホサイン三世は即答を避けた。カラベクの後任に彼の息子をすえれば、たしかに人事のわずらわしさは最小限におさえられるであろう。だが、南方軍都督《キャランタル》という重要な地位を世襲《せしゅう》にすれば、代々にわたって勢力をたくわえ、地方に半独立の領国をつくりあげるかもしれない。

「まあ、いそぐこともあるまい。まず候補を何人かそろえて、それからのことだ」

いずれにしても、国の安全を軍事力にのみ頼るのは、愚昧《ぐまい》な王者のすることである。歴代のミスル国王は、対南方外交に意を用いた。ナバタイに強大な統一王朝が出現し、北方に野心の矛先《ほこさき》を向けたりせぬよう、せっせと工作に努《つと》めてきたのだ。その尽力《じんりょく》が報われて、目下《もっか》ナバタイは東西の二王国に分かれて何かと対立し、ともにミスル国との修好や交易によって、兄弟国より優位に立とうとしている。当分は国境に不安はなさそうであった。ただし、そうなったらなったで、両国を公平にあつかう必要がある。

東王国の王女が結婚すると聞けば、祝賀の使者を送り、西王国の王母が死去したと知れば、弔問《ちょうもん》の使節を派遣《はけん》する。どちらかの国がひがむようなことになれば、後日めんどうなことになる。

「外交とは、やっかいなものだ」

内心でつぶやきながら、ホサイン三世は、老カラベクのことを考えた。

……おなじころ、「客将軍《アミーン》クシャーフル」はしきりに南方軍やナバタイのことを調べはじめていた。南方軍都督府は、アカシャという城市《まち》にあることがわかった。

アカシャの城市《まち》は、人口が三万ていど。その半数がミスル国南方軍の将兵である。残る半数も、軍隊に依存して生活している。市場も酒場も娼館《しょうかん》も、軍隊がいなければ商売にならない。

国境を守る軍事上の拠点は、同時に、水陸交通や交易の要地でもある。隊商の列や大小の船が姿を見せないことはない。北から南へ運ばれるものは、小麦、麻、綿花、菜種《なたね》油《あぶら》、医薬品、塩、砂糖、真珠、さまざまな金属の細工品など。南から北へ運ばれるものは、木材、象牙、毛皮、そして人間。狩りたてられた黒人奴隷《ザンジ》たちが、鎖につながれ、ときとして笞打たれながら、外国へ連行されていく。彼らの怒りと叛逆心から、有名な鉄鎖《てっさ》術《じゅつ》が生まれた。

人間が商品としてあつかわれる一方で、ミスル国からナバタイ方面への輸出が、厳禁されているものがある。それは武器で、弓にせよ剣にせよ槍にせよ、国境から持ち出すと罰を受ける。

実際のところ、弓や剣や槍ていどであれば、狩猟の道具という口実で、輸出が認められている。全面的に禁止されているのは、戦車、投石機、弩《おおゆみ》などで、「一発で象を斃《たお》せるかどうか」が区分の基準となっているのだ。ナバタイ人はめったに馬に乗らないが、身体強健で、歩兵としても狩人としてもすぐれた資質を持つという。

「……なるほど、ミスル国と東西ナバタイとの関係は、なかなかおもしろいな」

資料の巻物をひろげるヒルメスの秀《ひい》でた額《ひたい》に、汗が光った。

これまでヒルメスはナバタイに対してとくに興味を持たなかった。黒人奴隷《ザンジ》の故郷、とぐらいしか考えていなかったのだ。それ以上を考える必要もなかった。だが、ナバタイ人が歩兵としてすぐれているとすれば、彼らを編成し、訓練したらおもしろいことになりそうである。

「どうもミスル人は兵士としてはあまりあてにならんようだ。パルス人、トゥラーン人、ナバタイ人の連合でミスルを征服するのも一興《いっきょう》か」

ヒルメスは楽しんでいた。

ディジレ河の流れに乗って、飛鳥《ひちょう》の群れのごとく突き進む船団。それを横に見ながら河岸の街道を土煙とともに疾駆《しっく》する騎馬軍団。行手には王都アクミームの城壁が黄金色にきらめいている……。

その幻影は、意外に力強くヒルメスの心をつかんだ。彼は大きな円卓に両脚を投げ出し、腕を組んで考えこんだ。ひとつの思案が形をととのえはじめていた。

気づくと、いつのまにか黄昏《たそがれ》になっていた。窓から人声が流れこんでくる。それとともに涼風も吹きこんできて、ヒルメスは気分を変えるため外出する気になった。夕食がどうこうというミスル人の家僕《かぼく》を、うるさげにしりぞけて門を出る。

市場《バザール》の方角へしばらく歩いたとき。

「火事だあ！」

ヒルメスの足がとまった。

前方を見ると、一軒の民家から黒煙があがっている。煙の間に、赤い炎が舌をちらつかせ、それを指さして声をあげながら、人々が駆け寄っていく。

「おれは火を恐れるわけではない。不快なだけだ」

そう思いつつ、ヒルメスは、あえて不快さを求める気はなく、踵《きびす》を返した。ふと気づくと、指先が、顔の火傷《やけど》の痕《あと》をなぞっている。自分自身に腹をたて、ふたたび足をとめたとき、高い塀《へい》の前にいることを知った。煉瓦《れんが》でつくられ、白く塗られた塀だ。

塀の上から誰かがヒルメスを見おろしている。

Ⅲ

すでに夕闇が舞いおりていた。広くもない裏道で、ヒルメスの他に人影はない。

剣の柄に手をかけて、ヒルメスは塀の上に鋭い視線を送った。たしかに塀の上に誰かがいる。内側から塀を乗りこえようとしたとき、眼下にヒルメスの姿を見て、動けなくなったようだ。ヒルメスの眼が夕闇に慣れると、塀に腰かけた姿勢の人物は、頭部に白い布を巻き、ふくらんだ長袴《ズボン》をはいた女であることがわかった。

パルス語が通じるかどうか、わからない。だが、ミスル語にはまったく自信がない。パルス語で呼びかけるしかなかった。

「そなた、そこで何をしているのだ」

女はヒルメスを見おろした、ようであったが、たしかではない。問い返す声は、たしかに若い女のものであった。

「何をしているように見えます？」

「ほう、パルス語がしゃべれるのだな。パルス人か」

「ナバタイ東王国から参りました。ここはナバタイからの使者の宿舎です」

「使節団の一員なのか」

塀の上と下とで、奇妙な会話になった。そのことに気づいたが、なぜかヒルメスは、立ち去る気になれない。

「一員？　ええ、そうなりますかしら」

「で、いつまでそんなところにすわっているつもりだ」

当然のように、娘は返事をした。

「あなたさまが、わたしをここから降ろしてくださるまで」

ヒルメスは冷然たる声音《こわね》をつくった。

「おれがなぜそんなことをせねばならぬ？」

答えはなかった。声に出しては。

塀の上で娘が身動きした。つぎの瞬間、かろやかに、優美に、何かがヒルメスめがけて舞い落ちてきた。娘が塀の上から身を躍《おど》らせたのだ、とさとったとき、大胆な跳躍者は、すでにヒルメスの腕のなかにいた。

あきれつつ、ヒルメスがとりあえず娘を地上に立たせると、笑いをふくんだ声が告げた。

「わたしを抱きとめてくださった以上、責任をとってくださいませ」

「くだらぬことを」

ヒルメスは舌打ちしたが、おかまいなしに娘は歩き出そうとする。

「どこへいく気だ？」

「もちろん、あなたさまのお宅へ」

はずみそうな歩調《ほちょう》をとめて、娘は、ヒルメスをかえりみた。

「もしかして、こわい奥方さまがおいでなのですか？」

「おれは独《ひと》り身《み》だ」

「では何の遠慮もいりませんね。どうか、わたしをあなたさまのお宅に泊めてくださいませ。一夜のことでございます」

娘の腕に、灯火を受けて、銀色の環《わ》が光っている。黄昏はさらに色を濃くし、夜にとってかわられる寸前だった。

「お前はナバタイからつれてこられたのだろう？　宿舎をかってに脱《ぬ》け出しては、まずいことになりはせんか」

「わたしは明日になればミスル国王に献上《けんじょう》される身でございます」

臆《おく》するようすもなく、娘は明言《めいげん》した。

「そうなれば後宮《ハレム》に閉じこめられ、他の男とはほとんど顔をあわせることもなくなります。それはそれで、しかたのないことですけど、わたしの意思で男を選ぶことができないのは、あまりにも不本意」

「おれを選んだというのか」

「宿舎の外に出て好ましい男を探そうとしたところを、あなたに見つかりました。それで、探す必要がなくなりました」

「ぬけぬけと、よくいうものだ。つかまれば痛い思いをするだろう。覚悟の上か」

「痛い思い？」

娘は歌うような笑声をたてた。

「わたしの身に傷をつけることなど、ナバタイ人たちにはできませせぬ。ミスル国王に献上される処女の肌に笞《むち》の痕《あと》をつけるなど、できるものですか」

ようやく娘の顔が見えてきた。彫刻のように端整な顔は、よく光る眼がなければ、生気に欠けて見えたかもしれない。肢体《したい》がみずみずしくしなやかなことは、つい先ほど、ヒルメスの腕が知覚している。

笑いをおさめた娘は、「孔雀姫《ターヴース》」と名乗り、問うというよりも確認した。

「あなたさまは、昨日の昼間、街角でわたしの顔を見ておいででしたね」

「さて、そうだったかな」

「馬上にいらして、役人らしい徒歩の男と何やら話しておいででした」

思わずヒルメスは娘を見なおす。宮廷書記官長グーリイとディジレ河畔で会話をかわしたとき、視線を感じた。視線の主は、この娘だったのだ。

なぜこうなるのか。

どうしてこうなったのか。

自分でも不審に思いながら、ヒルメスは、孔雀姫《ターヴース》と名乗る若い女を客将軍府《アミーンルフ》へとつれ帰った。

通用門には門番がいない。自分の手で鍵をあけるヒルメスの姿を、孔雀姫《ターヴース》は興味深そうにながめていた。

「客将軍《アミーン》閣下？」

声がしたので、愕《おどろ》きを押しころして振り向くと、トゥラーン人の若い武将ブルハーンが、これまたおどろいたようにたたずんでいる。ヒルメスが半ば腕をあげるように、娘の姿をかくした。

「何か用か、ブルハーン」

「いえ、特には。ご所在《しょざい》を知っておきたくて、ご帰宅をお待ちしていただけです」

「そうか、では今夜は引きとれ。やぼな用件は明日ということでな」

「失礼いたしました、では明日、出なおします」

そそくさとブルハーンが退出していくと、孔雀姫《ターヴース》が唇《くちびる》をほころばせた。

「純情なお若い人には、眼の毒でしたわね」

「お前よりは年上だ」

いいすてて、ヒルメスは広間の奥へと足を向けた。ついてこい、という必要もなく、孔雀姫《ターヴース》はおくれずについていく。

寝室の扉をあけたヒルメスが、かるく顎《あご》をしゃくると、恐れもためらいもなく、孔雀姫《ターヴース》は室内に身をすべりこませた。頑丈《がんじょう》だが質素な寝台を見ると、歩み寄って手で触れてみる。振り向いてヒルメスに笑顔を向けた。

「相手がミスル国王であればまあ我慢しよう、と思うておりましたが、気が変わりました。国王を生涯はじめての男にはいたしませんん」

「なぜ気が変わった？」

「あなたさまというお人にお目にかかることができましたから」

ヒルメスが沈黙すると、孔雀姫《ターヴース》は微笑してヒルメスの広い肩に両腕を投げかけた。

「尼《あま》や女神官になるつもりはございません。いずれ男を知るのであれば、よりすぐれた、りっぱな、何よりもわたし好みの男に、身をささげたいのです。そして……」

「そして？」

「そして、その方と手をたずさえて、このミスルという国を、自分のものにしたいのです」

ヒルメスが返答するまでに、いくばくかの時を必要とした。

「そのような話、うかつに乗れぬな」

「ミスル国王がおそろしいのですか」

「それ、そのように挑発してくる女は油断がならぬからだ」

ヒルメスがかるく口もとをゆがめると、孔雀姫《ターヴース》は笑った。妖《あや》しい笑い、ではない。明るく朗《ほが》らかな、爽快《そうかい》にすら感じられる笑いである。

「あなたさまのお名前は？」

「……クシャーフルだ」

うっかり本名を答えそうになり、かろうじてヒルメスは踏みとどまった。

「ミスル国王につかえて、客将軍《アミーン》という称号を受けている」

「わたしがクシャーフルさまを裏切るとしたら、それは、クシャーフルさまより好ましい男に出会ったときです」

「…………」

「でも、そんな男いるはずがございませんもの。ですから、クシャーフルさまを裏切ることなど、けっしてありません」

ヒルメスは二度、頭《かぶり》を振った。

「裏切るかどうかはさておき、そなたは宿舎にもどるつもりだろう。もどって、今宵《こよい》のことを詰問《きつもん》されたとき、どう弁明する気だ」

「もう考えてあります」

「だから、どんな風《ふう》に考えてあるのか、と尋《き》いているのだ」

「ナバタイ人たちがわたしに辱《はずかし》めをあたえ、処女といつわってミスル国王に献上しようとした、と」

「…………」

「そうなれば、重く罰せられるのは、あの者たち。口をつぐむどころか、必死になって、わたしが処女であるとミスル人たちに信じさせるでしょう」

「なるほど」

ヒルメスは小さく息を吐き出した。

「どころんでも、お前の身は安泰《あんたい》というわけだな」

「ええ、ですからご安心を」

ヒルメスは寝室の扉をかたく閉ざした。高い窓だけは夜風をいれるために開《あ》けておいた。

こうして月が唯一の目撃者となった。

Ⅳ

寝台に半身をおこし、窓ごしに月をながめながら、ヒルメスは娘に質《ただ》した。

「孔雀姫《ターヴース》とは本名か？」

「いえ、ミスル国王に献上される女の称号です」

「では本名は？」

「フィトナ」

答えてから、孔雀姫《ターヴース》は、漆黒《しっこく》の髪をものうげに指先でかきあげた。

「これとて本名かどうか判然としません。わたしがものごころついたとき、すでに実の親はいませんでした。どのような人たちだったかもわからないのです」

「身分のある者たちだろう」

「なぜそうお思いですの？」

「その腕環《うでわ》だ」

ヒルメスは孔雀姫《ターヴース》フィトナのすらりとした左腕をつかんで持ちあげた。

「雄牛にまたがった若者が、雄牛の首に短剣を突き刺している。それはミスラ神の御姿で、パルス国の王族か貴族にしか許されぬ意匠《デザイン》だからな」

ヒルメスは娘の腕を放した。

「お前はパルス人なのだな」

「たぶん」

「たぶんとは、どういうことだ」

ヒルメスの声に厳格さを感じとったのだろう。孔雀姫《ターヴース》は寝台の上にすわりなおし、真剣な表情で答えた。

「わたしは自分の年齢も正確には知らないのです。たぶん十九歳ぐらいでしょう。ものごころついたころ、わたしはナバタイ東王国の港町にいました。わたしの養父母はパルス人の夫婦でしたけど、海路でナバタイへ渡ってきて、そのまま住みついたのです。象牙やら真珠やらを取引して、まずまずゆとりのある生活をしておりました」

だが、商品を載せた船《の》が難破して、養父母は破産した。店も家もうしなった養父母が期待したのは、フィトナの美しさだった。貧しさのなかで、可能なかぎりフィトナを着飾らせ、富豪かその息子にでも嫁《とつ》がせようと必死になった。じつは必死になるまでもなく、フィトナは男たちの賛美の的になっていた。

そこで彼女は考えついたのだ。

「どうせいやな男のものになるのなら、身分の高い男のほうがまし。できるなら国王がいい。たかが街の金持ちなどに、自分を安売りしてたまるものか」

フィトナは美しい娘だったが、ナバタイ東王国に彼女以上の美女は何人かいたであろう。だが、フィトナほど自分の価値について思いをめぐらし、それを最大限に生かそうと決意している者は、他にひとりもいなかった。

「女の幸福は男しだいだよ」

と、養母はいったが、フィトナにいわせれば、すこしちがう。

「女の幸福は自分でつかむべき。現実に男しだいというなら、男を鑑《み》る眼しだい」

自分の最初の男となるべき相手を、フィトナはずっと探していた。ナバタイ東王国にはいなかった。ミスル国王ならまあよいと思っていたが、権勢や地位はともかく、ひとりの男としては満足できそうになかった。野心と才能を抱き、自分のいるべき場所を実力で手にいれようとする男がいないだろうか。

いたのだ。それが「客将軍《アミーン》クシャーフル」だった。フィトナとおなじパルス人。もともと卓《すぐ》れた容貌《ようぼう》であるのに、むざんな火傷《やけど》の痕《あと》を隠そうとしないのも気にいった。この人こそ自分にふさわしい男だ、と、フィトナは信じた。

ヒルメスのほうはといえば、もともと女色に耽溺《たんでき》する性質《たち》ではなかった。女性を愛したといえるのは、亡き妻のイリーナだけで、それも、彼女の打算のない思慕《しぼ》の念に応《こた》えるという形であった。

ヒルメスがパルス国の王位継承者として、マルヤム国の王女であるイリーナと結婚していれば、両国が平和的に同君連合の形をとることになっていたかもしれない。そうなれば、

「家庭も円満で、理想的な政略結婚であった」

と評されていたであろう。そうはならなかった。ヒルメスはアルスラーンとの王位継承あらそいに、奇妙な形で敗北し、イリーナをともなって漂泊の旅に出たのだ。

つい四、五年前のことだが、はるかな昔のように感じられる。

胸中《きょうちゅう》に、ヒルメスはつぶやいた。

「この女は、イリーナとはちがうな」

比較する相手として、ヒルメスは、イリーナしか知らないのである。パルス国の巡検使《アムル》をつとめる楽士ギーヴがヒルメスの台詞《せりふ》を聞けば、鼻先で笑うにちがいない。ギーヴにいわせれば、「あらゆる女は他のあらゆる女とちがうさ」ということになる。

イリーナはただヒルメスとの平和でつつましい生活を望んでいた。どうやらチュルク国におちつき、懐妊《かいにん》したときが、彼女の人生でもっとも幸福な時期だった。そのころは、ヒルメスも、自分はおだやかな人生を送ることになるのだろう、と思うようになっていた。

それが幻想であったことを、イリーナの死とともに、ヒルメスは思い知らされた。自分は流血の河にそった不穏な道を歩むしかないのだ。だとしたら、せめて、自分自身の野心を糧《かて》に歩みたいものではないか。

それが孤絶《こぜつ》した歩みであることを、ヒルメスは疑いもしなかった。だが、もしかして、ともに歩む影が存在するのかもしれない。

あえてヒルメスはひとつの質問を発した。愚問《ぐもん》と承知の上で、孔雀姫《ターヴース》がどう答えるかを知りたかったのだ。

「女に国を動かすことができるか？」

「すくなくとも国王を動かすことはできます」

孔雀姫《ターヴース》は即答した。ヒルメスが彼女を見やると、フィトナはまっすぐ彼の眼を見返して微笑した。

「わたしが国王の寵愛《ちょうあい》を得るのに、日はかかりません。そうなれば、国を動かして、クシャーフルさまの有利になるよういたします。でも、動かすだけではまだまだ。わたしたちの所有物《もの》にしなくては」

フィトナはさりげなくいったが、「わたしたち」という表現に、ヒルメスはかるく眼を細めるだけの反応しかしなかった。

フィトナは皮肉っぽく唇をとがらせた。

「わたしの実の親は盗賊で、どこぞ富豪の屋敷からこの腕環を盗み出したのかもしれません。あるいは、こまっている人に親切にして、お礼にこの腕環をもらったのかもしれません。いずれにしても、腕環は物にすぎませんし、こんなものでわたしの生まれが測《はか》られるなんて、おかしな話です」

フィトナの右手が動いて、左腕から銀の腕環をはずした。

「でも、単なる物にも、想《おも》いをこめることはできるかもしれません。わたしはいま考えたことがあります」

フィトナの黒い瞳がヒルメスを見つめる。

「クシャーフルさま、剣をお持ちですね」

「もちろん」

「この腕環を、ふたつに切断してくださいませ」

「何のために？」

いちいちヒルメスが問い返すのは、フィトナの返答を聞きたいからである。そのことに気づいて、いまいましい気分になった。自分はどうかしている。逢《あ》ったばかりの女と一夜をともにしたばかりか、このような会話をしているとは。

「わたしたちのために、です」

孔雀姫《ターヴース》フィトナは、はずした腕環を円卓の上に置いた。ヒルメスをかえりみる。しなやかで優美な肢体が、窓からの月光を受けて妖《あや》しくかがやいた。

「ふたつに分かれた腕環を、いつかふたたびひとつにいたしましょう。一日も早く、その日が来ますように」

V

野心と策謀《さくぼう》に満ちた妖女《ようじょ》なのか、一途《いちず》で健気《けなげ》な少女なのか、いずれにしても孔雀姫《ターヴース》フィトナは尋常《ただごと》ならぬ存在と、ヒルメスの眼には映った。

無言で剣をとると、ヒルメスは円卓に歩み寄った。白刃を鞘走《さやばし》らせ、一閃に腕環を両断する。ひとつの円がふたつの半円に分断されると、フィトナが感歎の声をあげた。

「腕環はふたつ、でもわたしたちの心はひとつ」

「ずいぶんと感傷的な話だ」

嘲弄《ちょうろう》しようとしたが、ヒルメスは、かならずしも成功しなかった。彼が刃をおさめる間に、フィトナは両手に腕環の半分ずつを持ち、ひとつをヒルメスに差し出した。

「では、あなたとわたしの目標を祝って」

「むやみと大きな目標を立てたところで、成功がむずかしくなるだけだぞ」

「あら、目標を立てておかないと、目標どおり事が運んでいるかどうか、わからないではございませんか」

ヒルメスが返答できずにいると、フィトナは、半円形になった銀の腕環を、たいせつそうに手にしたまま、寝台に腰をおろした。

一陣の夜風が窓から吹きこんで、彼女の髪をゆらす。

「ね、クシャーフルさまは、ご自分を、現在のミスル国王よりすぐれた人物と信じておいででしょう？」

そのとおりであるが、だからこそ、ヒルメスは返事をしなかった。気を悪くしたようすもなく、フィトナは言葉をつづけた。

「わたしもそう思います。クシャーフルさま、あなたが国王よりすぐれた御方であれば、当然、ミスル国をお手にいれるべきではございませんか」

ヒルメスは、腕環の一半を、はじめて手にとった。

「もしおれが、そなたの野心を、ホサイン王に告げたらどうなると思う？　国王はそなたを処分し、おれに報賞《ほうしょう》をくれるかもしれん。やってみる価値がありそうだな」

あでやかに、フィトナは笑った。

「まあ、クシャーフルさまは男のなかの男でいらっしゃいますこと！　何万もの将兵を叱《しっ》咤《た》なさるべきそのお口で、かよわい女を密告なさろうとは」

皮肉の痛撃《つうげき》を受けて、ヒルメスは絶句した。

フィトナは寝台の横に置かれた小さな卓から硝子《ガラス》の水差しをとりあげ、直接、口をつけて水を飲んだ。笑いがまだ残っていて、むせそうになる。

「いまのお言葉はご冗談と思いますけど、もし本気でいらっしゃるなら、それはそれでけっこう。クシャーフルさまと、わたしと、ホサイン王がどちらを信じるか、試してみるといたしましょう」

「わかった」

ヒルメスは苦笑に似た表情を浮かべた。この娘には、安っぽい脅《おど》しは効《き》かない。才気に加えて、度胸のよさを認めないわけにはいかなかった。

すこしの間、ヒルメスは考えこんだ。自分でも意外な思案《しあん》が、これまたおもいがけぬ速さでまとまった。

「では、ひとつ力を貸してもらおうか」

「どのようにですの？」

「おれは南方軍都督《キャランタル》の地位を得たい」

「それは重要な地位なのですか？」

「もちろんだ」

ヒルメスは、手短かに自分の構想をフィトナに話した。フィトナは聞きいり、ときおり熱心にうなずいた。

「そなたが後宮に閉じこめられている以上、王都アクミームにいたところで、どうせ思うままに会うことはできぬ。おれは国境に在《あ》って、ミスルと東西ナバタイに睨《にら》みをきかせ、自分の勢力を養い、数年のうちに大軍をもって王都に入城する。そして、そなたを妃として、あたらしい王朝をつくる。どうだ、力を貸すか」

「わかりました、お力ぞえいたします」

フィトナの声に、ためらいはなかった。

「今月のうちに、あなたさまを南方軍都督《キヤランタル》の地位に就《つ》けてさしあげましょう」

自信に満ちた炎が黒い瞳に燃えあがる。

「そうなりましたときには、この孔雀姫《ターヴース》フィトナを、あなたさまの妃にするというお約束、どうかお忘れなく」

「もちろんだ」

「ではもうひとつ。わたしは軍事については、残念ですけど、くわしくありません。あなたさまが南方軍都督《キヤランタル》とやらになれば、ミスル国王にとってどのような利益があるか、国王を説得するための論法を教えてください」

「よかろう」

相手の聡明さに内心で感歎しながら、ヒルメスは、ホサイン三世を説得するための論法を二、三、フィトナに告げた。忠実で優秀な生徒のように、フィトナはうなずき、復唱する。そのようすを見ながら、ヒルメスはさらに思案をめぐらせた。

彼女は「客将軍《アミーン》クシャーフル」の正体を知らないのだ。優位といえば、これがヒルメスの優位であった。すべてをフィトナにさらけ出す気には、ヒルメスはまだなれない。

「仮《かり》におれが本名を告げたら、この娘はどう反応するだろう」

フィトナのみずみずしく張りつめた肌を掌《てのひら》に感じながら、ヒルメスは考えた。だが、すぐに興味は軍事にうつった。ナバタイ人の兵士を指揮することが、自分にはできるだろうか。

たとえ異国の将兵であろうとも、ヒルメスは、軍隊を掌握《しょうあく》する手腕について自信があった。

「おれはアルスラーンめの下にいても、実力で万騎長《マルズバーン》ぐらいにはなれるはずだ」

かなりひねくれた表現だが、たしかに、戦士としても将帥《しょうすい》としても、ヒルメスは、ダリューンやキシュワードやクバードと比較して、ほとんど遜色《そんしょく》がないはずである。もし彼が明快な形で王位継承権を放棄すれば、敵から見てさえ人の好《よ》いアルスラーンは、喜んで大将軍《エーラーン》の地位を贈るにちがいない。だが、それでは、ヒルメス自身の矜持《きょうじ》が満足せず、ザンデといい、その父であるカーラーンといい、ヒルメスの亡《な》き忠臣たちにあわせる顔もない。

現在、ヒルメスの所有する兵力は、トゥラーン人九十名、パルス人三千名。これにミスル人一万五千名ばかりと、さらにナバタイ人を加え、三万ばかりの軍勢をととのえてナバタイ国境から北上する。南方軍都督府の所在地アカシャから、ミスル国の王都アクミームへ。

パルスの里程でいえば、ざっと千ファルサング。水陸あい並んで進撃する軍隊の幻影が、ヒルメスの心を奪う。

それはつい二、三日前には想像もしなかったことであった。孔雀姫《ターヴース》フィトナによって、もたらされたものである。

ヒルメスと野望を分かちあい、ともに陰謀をめぐらせる同志があらわれた。しかもそれは女であった。

ヒルメス自身にとっても、これほど意外なことはない。彼は亡き妻イリーナと、政事も軍事も語りあったことはなかった。時として、覇気の残り火が胸中に燃えあがることもあったが、ヒルメスはそれを抑《おさ》えてきた。抑えることができたのだ。ヒルメスは、ただ、イリーナの夫という存在であろうとし、実際、三年ほどの間はそれだけの存在だった。

イリーナが生き返ることはない。イリーナとの日々も帰っては来ない。フィトナをイリーナのかわりにすることもできない、と、ヒルメスにはわかっていた。

ヒルメスとフィトナとの結びつきを、いまは亡きザンデが知れば、驚倒《きようとう》したことであろう。むろんザンデはヒルメスの正体を知っていたし、彼の愛人であったパリザードは、フィトナとおなじ腕環をしていたのだから。

ザンデは死に、パリザードはマルヤムへと去った後、さらにパルスへと向かった。空白となったミスル国において、ヒルメスとフィトナとが出会い、結びついた。それらの事情をすべて知る者は、まだ地上に存在しない。

VI

夜明け前に、孔雀姫《ターヴース》フィトナは宿舎へ帰っていった。彼女を送り、門のなかへはいっていくのを物蔭《ものかげ》から確認して、ヒルメスは足早に帰宅した。フィトナの身が安泰であることは、うたがう必要もなかったのだ。彼女自身が明言したように。

朝が来ると、たちまち熱気が立ちこめてくる。ヒルメスは西の窓辺に身を寄せた。陽のあたる東の窓辺にくらべれば、まだしも涼しい。そうやって、ヒルメスは思案をめぐらせる。

ミスル国王ホサイン三世を、それほど有能な君主だとは、ヒルメスは思わない。だが、なめてかかるつもりもなかった。ひとたび決断すれば、ホサイン三世は、十万の兵でヒルメスを包囲し、首をはねることができるのだ。

「あの男は、どこまで本気でパルス国を支配しようと考えているのか。本気なら、いくらでも乗《じょう》じる余地《よち》はあるが、さて、『やっぱりやめた』ということになれば、こちらが足をすくわれる。いや、頸《くび》を絞められてしまう」

ホサイン三世が、パルス国の支配を断念し、国王《シャーオ》アルスラーンと友誼《ゆうぎ》を結ぶ気になったら、事態はどう動くか。ヒルメスをふくむミスル国在住のパルス人たちは、ホサイン三世から見すてられる。それどころか、まとめてアルスラーンに売り渡される可能性すら出てくるのだ。

つづいてヒルメスの思案は、味方に向けられた。ブルハーンの忠誠心と勇気は、うたがう余地がない。彼を信頼しつつ、だが同時に、ヒルメスは限界を察してもいた。ブルハーンは最高の親衛隊長になれるが、ともに陰謀をめぐらせる対手《あいて》としては最上とはいえない。

「謀画《ぼうかく》の才というやつは、知能ではなくてむしろ気質に宿《やど》るものだからな。今後、変わらないとはいいきれないが、あの男はまっすぐすぎる。思えばザンデもそれに近かったが……」

さらに深く考えようとしたとき、来客があった。パルス人の商人ラヴァンが、汗をふきふきあらわれたのだ。

「すこしばかり、気になる話を聞きました。クシャーフル卿のお耳にいれたく存じまして」

「どんな話だ」

「ザンデ卿の死について、公式発表とはちがう話を」

ヒルメスは手巾《ハンカチ》をとって顔の汗をふく動作をした。表情をとりつくろうためである。

「ふむ、過ぎた話だが、そうと聞けば興味がわくな。話してみろ」

「では申しあげます。結論からいえば、ザンデ卿は、一騎打ちの末、マシニッサ将軍に殺されたそうでございます」

ヒルメスの声が、わずかにかすれた。

「ほう、すると、ザンデ卿はマシニッサ将軍より弱かったということになるな」

「それがそうともいえないようでして。目撃者の話によりますと、勝負あった、ザンデ卿の勝ちだ、と見えたのですが、マシニッサ将軍が何か叫び、ザンデ卿が剣を引いたところを、にわかに、隠し持っていた短剣で刺したそうでございます」

目撃者というのは、マシニッサにしたがってザンデを追跡したミスル騎兵のひとりであった。彼は母親が重病になったので、高価な薬を買うためマシニッサに借金を申しこんだのだが、冷たく拒絶されてしまい、マシニッサを怨《うら》んでいた。そこへラヴァンに金貨の鳴る音を聞かされ、知るかぎりのことをしゃべった、というわけである。

だまし討ちも同様か。そう思いつつ、ヒルメスはことさら平静をよそおった。

「ふむ、マシニッサ将軍というお人も、あまり部下に人望がないようだな」

「地位にせよ金銭にせよ、ひとたび手にいれたものは、どれほどわずかであっても他人に分けることはせぬ。そういう評判でございます」

「わかった。せっかく集めてくれた情報だ。役に立てるとしよう。ご苦労だった」

ラヴァンをさがらせると、ヒルメスは、怒りと憎悪が体内を駆け上ってくるのを感じた。

「マシニッサめ、生かしてはおけぬ奴と見た。だが、うかつにおれが手を下せば、奴の血がおれにもはね返ってくる。奴ごときの血で服を汚しては、割にあわんな」

決闘を申しこむにしても口実がないし、ホサイン三世が認めるはずがない。ザンデを殺した罪をマシニッサにつぐなわせるためには、汚名を着せ、できるだけ無惨に殺してやらねば、ヒルメスは気がすまなかった。加えて、マシニッサを破滅させることが、ヒルメスの覇業に役立つものであれば、亡きザンデの霊をなぐさめることもできるというものだ。

ヒルメスに自分の罪を知られたとも気づかず、マシニッサは彼らしく、「客将軍《アミーン》クシャーフル」への猜疑《さいぎ》を主君に吹きこんでいた。

「パルス人どもを自由につるませておいて、よろしいのでございますか。陛下のご恩情《おんじょう》に乗《じょう》じて、何をたくらむやら知れたものではございませんぞ」

根拠のない誹謗《ひぼう》である。ところが皮肉なことに、マシニッサの誹謗は的にあたっていた。まさしく、パルス人たるヒルメスは、ミスル国王ホサイン三世の信頼を悪用して、この国を強奪するつもりなのだから。

ホサイン三世がまるきりの暗君《あんくん》であったら、マシニッサの誹謗に動かされ、ヒルメスをうたがい、投獄するか処刑したであろう。それこそ、災難を回避する最良の方途《みち》であった。ところがホサイン三世は、そこまで暗愚《あんぐ》ではなかった。マシニッサが、他人の才能や功績をいかに嫉《ねた》む人物であるか、わかっている。うとましいが、といって、マシニッサを宮廷から追放するほどの決断力もない。マシニッサはまるきり無能ではなく、そこそこ才能も功績もあるので、うしなうのは惜《お》しいのだ。

要するに、ホサイン三世の宮廷内政治は、あらゆる面で中途半端《ちゅうとはんぱ》なのであった。ホサイン三世自身は、さまざまな立場の廷臣たちを統御《とうぎょ》して、自分の役に立たせているつもりなのだが。

「そなたはひとくくりにパルス人と申すが、パルス人が全員、心をひとつにして団結しているとはかぎるまい。ミスル人どうしでさえ、協調を欠くことがあるのだからな」

「は……」

「むしろ予《よ》としてはな、あのクシャーフルが唯々《いい》として黄金仮面の命令にしたがいはすまい、と、そう思っておるのだ。あの者どもが対立したら、結果がどうなるか、見守ってもよいではないか」

「は、さようで」

「予にはちゃんと考えがあるのだ。得心《とくしん》がいったら、そなたはひとまずさがれ」

マシニッサを退出させて、しばしホサイン三世は考えこんだ。マシニッサの意見に触《しょく》発《はっ》されて、いかにも策士《さくし》らしい返答をしてみせたのだが、じつのところ、確固たる思案はない。客将軍《アミーン》クシャーフルが非凡な人材であることは疑う余地もないが、どのように活用するか、心を決めかねていた。何といっても異国の人間だし、どこまで信じてよいものか。といって、猜疑ばかりしていては、せっかくの人材をむだにする。

「やめた、やめた。こう暑くては思案もまとまらぬ。今日の謁見《えっけん》はもう終わりだ、と、皆の者につたえよ」

ホサイン三世は重い身体をゆすって玉座から立ちあがった。それだけで額《ひたい》や頸筋《くびすじ》から汗が噴き出す。

宮廷書記官長グーリイが問いかけた。

「陛下、どちらへ」

「後宮《ハレム》じゃ」

「まだ午前中ですが……」

という言葉をのみこみ、グーリイは無表情に頭をさげた。

この日の朝、ナバタイ東王国からの使節団が、貴重なものをふたつ、ホサイン三世に献上した。ひとつは「象の真珠」と呼ばれるもので、幼児の頭ほどの大きさがある。象牙の内部が空洞化すると、内部の突起した部分が崩れ、砂のように溜《た》まる。何十年という歳月のうちに、それは空洞のなかで震蘯《しんとう》され、くっつきあって卵のような形になり、磨《みが》きあげられた巨大な真珠さながら、あわい虹色の光沢《こうたく》を持つ奇石となる。これを「象の真珠」と呼び、もっとも上質の象牙百本分の価値がある、とされていた。

もうひとつは、美しい処女であった。奴隷あつかいだから、ひとつと算《かぞ》えられてしまうのだ。ヒルメスが説明を受けたように、もともとナバタイは黒い肌を持つ人々の土地で、これまで献上されてきた美女たちも、すべて黒や褐色の肌をしていた。白い肌の美女は、はじめての例である。無意識に、ホサイン三世は舌を出して上唇をなめた。

「今朝、献上された娘は肌が白かったな。名はたしかフィトナとか申したが……」

「御意《ぎょい》、パルス人の血を引いておりますそうで」

「ふむ、パルス人か」

パルス人といえば、黄金仮面や客将軍《アミーン》クシャーフルのことを、ホサイン三世は連想する。

「パルスの女であれば、自分が充分に楽しんだ後、あの者どもにくれてやってもよいな」

そうホサイン三世は考えた。自分が冷酷だとは、ホサイン三世は思いも感じもしない。

少年のころから、ホサイン三世は、女性や庶民を物体とおなじようにあつかってきた。そうするよう父王や祖父王から教えられてきたのだ。ことさら虐待したわけではない。「女は子と快楽を、庶民は税と労力を、国王にもたらすものだから、だいじにせよ」といわれ、自分では父祖《ふそ》の訓《おし》えを守ってきたつもりである。

「さて、どのような女か。黄金仮面やクシャーフルにくれてやるのが惜しくなるような女であってくれよ」

自分を待ち受けるものの正体も知らず、翌年のいまごろミスル国がどうなっているか想像だにせず、ホサイン三世は悦楽《えつらく》の予想に汗を流しつつ、後宮《ハレム》への廊下を、速い足どりで進んでいく。

Ⅶ

孔雀姫《ターヴース》ことフィトナは、音もなく寝台からすべり出た。窓の硝子《ガラス》ごしに夜明けの光が薄青く射《さ》しこんでいる。薄物一枚の姿で数歩あゆんで、黒檀づくりの円卓に置いてある水差しを手にとった。遠い遠い絹《セリカ》の国から半年かけて船で運ばれてきた陶器だ。

水を飲み終えて振り向くと、寝台に仰臥《ぎょうが》するホサイン三世の姿が見えた。肥満ぎみのミスル国王は、いささか景気の悪いいびきの音をたてながらも、心地よい睡《ねむ》りをむさぼっているようだ。彼は一夜で孔雀姫《ターヴース》に満足し、二夜で夢中になった。すでに二百個の真珠をつらねた二連の首飾りを贈っている。

フィトナは白い素足で大理石の床を踏んで、寝台の傍《そば》に立った。ホサイン三世の寝顔をのぞきこむ。栄養のよい、贅沢《ぜいたく》と快楽にゆるみきった顔だ。フィトナは心につぶやいた。

「わたしには、この場でこの男を殺すこともできる」

国王の寝所《しんじょ》に刃物など持ちこまれることがないよう、警戒は厳重に為《な》されている。だが、青銅製の重い花瓶で顔面をたたきつぶすことはできるし、敷布《しきふ》をよりあわせて縄状にし、それで頸《くび》を絞めることもできる。きちんと準備さえしておけば、口うつしに毒を服《の》ませることも可能だ。

強大な権力と武力に守られていると信じきって、無防備な姿をさらしきっているミスル国王に、フィトナはかるく手を伸ばした。

扉の外で、かすかに金属性の音がした。寝所を警固する兵士たちの甲冑《かっちゅう》が鳴ったのだ。

フィトナは小さく笑って、手を引っこめ、やはり音をたてることなく寝台にもぐりこんだ。暑苦しいホサイン三世の身体に触れぬよう、注意しながら、しなやかな四肢《しし》を伸ばす。

ホサイン三世に対して、愛情などまったく感じていないが、毛嫌いしているわけではなかった。贅沢はさせてくれるし、利用する価値もある。まだ殺す必要も理由もない。もうしばらくは彼女と、彼女が恋した男のために、役に立ってもらおう。

「さて、クシャーフルさまは、ご自分とわたしのために、どのような絵を描いてくださるかしら」

フィトナは睫毛《まつげ》の濃い眼を閉ざし、なるべく楽しい夢を求めつつ眠りに墜《お》ちた。

孔雀姫《ターヴース》フィトナとはじめて逢《あ》ってから四日後のこと。ヒルメスはホサイン三世に呼びつけられて王宮に参上した。

「そなたをヒルメス王子に会わせてやろう」

唐突《とうとつ》だったので、ヒルメスともあろう者が一瞬、返答に窮《きゅう》した。これまで無視してきたくせに、なぜ気が変わったのだろう。とりあえず、感謝してみせねばなるまい。

「それはありがたき幸せに存じます。いつ会わせていただけるかお教えいただければ、準備をととのえて……」

「いまだ」

「は？」

「これからすぐに会わせてやる。予《よ》とともに参れ、客将軍《アミーン》クシャーフル」

二重に唐突な話であった。まさか、「いまつごうが悪いので後日に」ともいえない。

「おともいたします、陛下」

内心で、ヒルメスは舌打ちした。何と気まぐれなミスル国王であることか。

噴水のある中庭を通って、ホサイン三世はヒルメスを先導していく。

ホサイン三世の後にしたがい、ミスル国王の禿《は》げあがった後頭部や大きすぎる両耳をながめながら歩くうち、ヒルメスの胸中に黒雲がわきおこってきた。

何かの罠だ、とは思わない。罠だとすれば、ホサイン三世が囮《おとり》になっていることになるが、そのような芸当ができる国王ではない。とすれば、これは孔雀姫《ターヴース》の手管《てくだ》の結果か。

あの娘が、ホサイン三世の耳にささやいたのか。

「いつまでも会わせなければ、不満が募《つの》るだけでございますよ。クシャーフル卿には、ミスル国のために気持ちよく働いてもらいたいのでしょう？　だとしたら、ささやかな望み、かなえておあげなさいまし……」

いくつかの扉を通って、ヒルメスは「ヒルメス王子」の前に立った。黒檀づくりの椅子に腰かけ、黄金の仮面をかぶった人物に。

「こいつがおれか」

そう思い、ばかばかしさに失笑《しっしょう》しそうになった。表情が変化する寸前、うやうやしく礼をほどこす。

もったいぶったホサイン三世の声が聞こえた。

「ヒルメス王子よ、この者をそなたに引きあわせようと存じてな、急なことながらつれて参った。声をかけてやってくれ」

「……この者、何者でござるか」

黄金仮面から発せられる声は、くぐもって、明快さに欠けた。用心しているのかもしれない。

「クシャーフル卿と申してな、そなたとおなじパルス人だ。アルスラーン王の治世に反感を抱き、そなたを奉《ほう》じてパルスの王統を旧《ふる》きにもどしたい、と申しておる。ま、先だって死んだザンデ卿の後任と思ってくれればよい」

ホサイン三世にそういわれて、黄金仮面はしばらくヒルメスを凝視した。

「クシャーフルとやら、ミスル国王がああおっしゃるゆえ、其方《そのほう》をザンデの後任と思うことにする。其方を信じてよいのだな」

「誓って、ホサイン陛下とヒルメス殿下の御為《おんため》に、力のすべてをつくす所存《しょぞん》でございます」

自分の名が先に出たので、ホサイン三世は悪い気がしなかったようだ。王者らしくゆったりとうなずいてみせた。

「殊勝《しゅしょう》なことだ。ヒルメス卿、質問があるならしてみるとよい」

「私をパルスの王位に即《つ》けるというが、何か具体的な方策はあるのか？」

黄金仮面からかいま見える眼は、異様な光をたたえているようであった。

「過日《かじつ》、ホサイン陛下に言上《ごんじょう》いたしましたとおり、私めはパルス国内に多くの友人知己《ちき》がおります。一朝《いっちょう》、事あるときには、彼らが呼応《こおう》して起兵いたしましょう」

「一朝、事あるとき、と申したな」

「はい」

「どうやって事をおこす？　そのことについて、其方の存念《ぞんねん》を問うておるのだ。具体的な方策を述べてみよ。それに要する日数についてもだ」

ほう、ずいぶんと尊大《そんだい》な口をたたくではないか、偽者のおれは。正統の王位継承者らしいところを見せたいのだろうな。ホサイン三世にもおれにも。

「具体的な策はこれから充分に練りたく存じます。何と申しましても、一国を奪《と》りもどすのは大事業でございますから、失敗は許されません。いまの段階で、無責任なことを申しあげないのが、私めの誠意でございます」

黄金仮面の声が微妙に変化した。

「パルス国にはナルサスという男がおる」

「は……」

「知っておるか、其方、あの男を」

「くわしくは存じませんが、アルスラーンめの軍師役だとは聞いております。ヒルメス殿下には、とくに彼《か》の者をお気になさる理由でもおありで？」

黄金仮面が両手を握りしめる。その両手が慄《ふる》えるのを、ヒルメスは見た。声というより、煮えたぎった感情が音となってあふれ出た。

「奴こそパルスにおける悪の権化《ごんげ》だ。其方、パルスを経略《けいりやく》したあかつきには、奴を生きながら八つ裂きにし、眼をえぐり、舌を引きぬいてやれ。よいな、わかったな」

なるほど、こやつは、パルスのへぼ画家めを憎んでおるのか。それも、尋常《じんじよう》な憎みようではないな。

見ぬきはしたものの、ヒルメスは、なお慎重に思案をめぐらさなくてはならなかった。黄金仮面の、ナルサスへの憎悪を利用するのは当然のことだ。だが、仮面をつけ表情を隠していてさえ、その感情はあからさまにすぎた。先入観のない者であっても、パルス国に対する黄金仮面の思いが、単なる私怨《しえん》であることをたちまちさとるであろう。

「何と、数年前のおれのようではないか。ふん、思えば、おれも余裕がなかったが、他人がそうだと、うとましいものだな」

しばらく沈黙していたホサイン三世が口をはさんだ。

「ほほう、ナルサスなる者をヒルメス卿がそれほど憎んでいたとは知らなかったな。よほど悪辣《あくらつ》な奴と見えるが、アルスラーンが滅びさえすれば、おのずと奴も滅びよう」

たしかにナルサスめは悪辣な奴だった。怒りよりも、ほろ苦《にが》さをこめて、ヒルメスは四、五年前の記憶をたどった。黄金仮面がナルサスにどのような目に遭《あ》わされたか知りたいが、どうせ真実を語りはすまい。たしかなのは、黄金仮面の才幹《さいかん》がナルサスにおよばない、ということである。

「ヒルメス殿下」

自分の名を口にしながら、ヒルメスは、ホサイン三世に向けて会釈《えしやく》した。偽《いつわ》りの熱誠《ねつせい》をこめて、言葉をつづける。

「ヒルメス殿下、お力《ちから》添《ぞ》えさせていただきますぞ。何とぞミスル国王陛下のご厚意をうしろだてとなさり、パルス国に正しき王統を回復なされませ」

「さて、もうよかろう、客将軍《アミーン》クシャーフル。ヒルメス卿は疲れが出たようだ。もう休ませてやろう」

ホサイン三世が歩き出し、ヒルメスは黄金仮面に一礼してミスル国王の後につづいた。

廊下を歩きつつホサイン三世がヒルメスをかえりみた。

「クシャーフル、そなたの忠誠は、予とヒルメス王子と、どちらにより篤《あつ》いか？」

「もちろん陛下でございます」

平然とヒルメスは答えた。あながち虚言《うそ》でもない。黄金仮面に対する忠誠心など、ヒルメスには、ひとかけらもないのだから。

VIII

ホサイン三世は、南方軍都督《キヤランタル》の人事を決定した。ミスル国の絶対的支配者であるホサイン三世は、臣下の誰にも相談せず、いきなり通告したのである。

「客将軍《アミーン》クシャーフルを南方軍都督《キヤランタル》に叙任《じよにん》する」

それは諮問《しもん》ではなく宣言であったから、マシニッサが異論をとなえる余地はなかった。

だが先日までほとんど白紙の状態であったはずの重要な人事が、いやにあっさり決まってしまったので、廷臣たちは小首をかしげ、この数日の間に何があったのかを知りたく思った。

ホサイン三世の通告で、至《いた》って複雑な心境《しんきょう》に置かれたのは、将軍マシニッサである。マシニッサにしてみれば、いまや武勲赫々《かっかく》たる「客将軍《アミーン》クシャーフル」が王都アクミームにいるという事態は、まことに目ざわりであった。

だからヒルメスが南方軍都督《キャランタル》となることに全面的に賛成かというと、そうではない。マシニッサのような男にとっては、ヒルメスが一万以上の兵を指揮する地位に昇ることは、好ましいはずがないのだった。

「おそれながら、陛下、南方軍都督《キャランタル》はわが国でも有数の要職でございます。クシャーフル卿の才幹は認めますが、わが国へ来てひと月にもならぬ新参の異国人を、これほどの要職に就《つ》けましては、人事の秩序が乱れましょう。願わくばご再考《さいこう》のほどを」

「と、マシニッサは申しておるが、どうかな、クシャーフル卿」

階前にひかえるヒルメスに、ホサイン三世は声をかける。ヒルメスはあえてマシニッサに視線を向けなかった。マシニッサを見れば、瞳に憎悪と殺意がたぎる。それを他者に知られてはまずいのだ。

自分の激情をなだめながら、ヒルメスは、うやうやしく答える。

「では私めの存念を申しあげます」

「うむ、申してみよ」

「南方軍都督《キャランタル》の職務は、ミスル国にとってきわめて重要なもの。凡庸《ぼんよう》の輩《やから》をもってしては、とうてい大任《たいにん》に耐えることはかないませぬ。よって、陛下のご信任もあつく、武勇ならびなき真の名将、マシニッサ卿こそ、南方軍都督《キャランタル》にふさわしい御仁《ごじん》と心得ます」

マシニッサは仰天《ぎょうてん》した。にわかに声も出ず、表情の激変をおさえるのに必死のようすである。ホサイン三世は、二重になった顎《あご》の肉を指先でつまんだ。

「ほう、なるほど、クシャーフルの申すこと、一理ある。マシニッサよ、彼の推薦にどう答える？」

「あいや、陛下」

マシニッサの声が、隠しようもなくひきつった。南方軍都督《キャランタル》に就任するということは、王都アクミームを遠く離れ、国王ホサイン三世の側近から姿を消すことを意味する。それはマシニッサにとって悪夢であった。

マシニッサは利己的な男ではあったが、あくまでもミスル国王の臣下であった。ヒルメスのように、ミスル国を乗っとろうだの、必要とあらばホサイン三世を殺害しようだの、不逞《ふてい》きわまる叛心《はんしん》を抱いてはいない。

ホサイン三世の宮廷において栄達《えいたつ》し、権勢をにぎること。それがマシニッサの最終目標なのであった。

「私めは陛下のおそばにあって忠誠をつくしたく存じます。もともと陛下の御意は、クシャーフル卿の上にありました。私ごときの言に左右される必要はございません」

ミスル人主従の会話を、ヒルメスは冷然と聞いている。彼にしてみれば、もはや結果はどちらでもいいのだ。ヒルメスが南方軍都督《キャランタル》となれば、その兵力をひきいて、いずれ王都アクミームを攻略する。マシニッサが南方軍都督《キャランタル》になれば、ヒルメスは王都に残留し、ホサイン三世の信頼をさらに得ながら、弑逆《しいぎやく》の機会をねらうことになる。

どちらの事態になろうとも、ヒルメスはいっこうにかまわない。

「そのていどのことすら見ぬけないとは、マシニッサという奴も底が浅い。どのように陰謀をめぐらそうと、こいつがおれを滅ぼすことはありえぬ。小物は小物らしく身のほどを知っておれば、長生きぐらいはできようものを」

いずれマシニッサは、ヒルメスが起兵《きへい》する口実として使われることになる。

「君側《くんそく》の奸《かん》を討って国政を正《ただ》す」

という名分《めいぶん》に利用されることになるのだ。

ほどなく、ミスル人主従の会話は終わった。自分が王都アクミームを離れたくない以上、ヒルメスの南方軍都督《キャランタル》就任を認めるしかない。マシニッサは憮然《ぶぜん》たる表情であった。

「では、クシャーフル卿、そなたに南へいってもらおうか」

「つつしんで勅命《ちょくめい》にしたがいます」

「皆の者、よく聴《き》け。ただいまより客将軍《アミーン》クシャーフルを南方軍都督《キャランタル》に叙任する。これは旧来、宰相につぐ地位であったはずだが、それに相違ないな、宮廷書記官長」

「おおせのとおりでございます、陛下」

宮廷書記官長グーリイの肯定《こうてい》を得て、ホサイン三世は気前のよいところを披露《ひろう》した。

「では、クシャーフルが任地に赴《おもむ》く日には、その地位にふさわしく、盛大な式典をおこなうこととする。それには東西ナバタイ王国の使者も参列させるのだ。南方軍都督《キャランタル》の権威を、彼らにもしめしておかねばならんからな」

「ありがたき幸せに存じます」

最初、式典など無用のこと、と思ったヒルメスだが、考えをあらためた。盛大な式典となれば、国王の後宮《ハレム》の女官たちも参列する。ヒルメスの颯爽《さっそう》たる姿を、孔雀姫《ターヴース》フィトナに見せてやることができるだろう。

退出したヒルメスは客将軍府《アミーンルフ》に直行した。

「ブルハーン、まずは第一歩だぞ。秋風が吹く前に収穫の時季が来た」

腹心《ふくしん》の若者にそう告げながら、ヒルメスは、懐中《かいちゅう》にしまいこんだ銀の腕環の存在を、きわめて大きなものに感じはじめていた。

第五章　魔軍襲来

I

　後世、「解放王アルスラーンの十六翼将」と呼ばれるようになる騎士たちのうち、五人がデマヴァント山の地底に閉じこめられている。クバード、トゥース、ジャスワント、イスファーン、それにメルレイン。彼らの他に、二千名の騎兵がいた。さらに女性が三人いる。トゥースの妻である三人姉妹、パトナ、クーラ、ユーリンであった。

　巨大な岩にふさがれた鍾乳洞《しょうにゅうどう》の入口を確認にいったのは、メルレインとジャスワントの両名だが、すぐもどってきて、岩を動かすのが不可能であることを報告した。

「さしあたり、決めなくてはならんことが、ふたつある」

　諸将を見まわして、クバードはそう告げた。

　第一に、この場を動くか、動かないか。

　第二に、二千の兵を分散させるか、集結させておくか。

　隻眼《せきがん》の万騎長《マルズバーン》は、自分たちがどのような状況に置かれているか、ごく簡明に、一同に周知《しゆうち》させたのだった。あえて兵力を分散させるというのは、全員は無理としても一隊だけでも生き残らせる手段としてである。

「長い時間はやれんが、意見を聴《き》かせてほしい。おれとしては全員まとまって行動するほうがよいとは思うが、あくまでおれの考えだ」

するとジャスワントがかるく手をあげた。

「この場にとどまる、という選択に、どのような意味があるのか。クバード卿のお考えをお聴かせください」

「ここにとどまり、円陣をつくって、敵を迎えうつ、ということだ。道もわからぬのに、うかつに奥へ進んで永久に出られなくなる、ということもあるからな」

「敵とは、当然、あの鳥の顔をした妖魔《ばけもの》どものことですな」

ジャスワントが檻車《かんしや》を指さす。檻車には二匹の鳥面人妖《ガブル・ネリーシャ》がとらわれており、檻《おり》の鉄棒の間から、殺意と憎悪に煮えたぎる視線を、人間どもに突き刺していた。

トゥースがうなずく。

「そうだ。あやつらの仲間が岩を墜《お》として入口をふさぎ、われらを洞窟に閉じこめたのは疑いない。思うにこれは……」

一瞬、声がとぎれる。

「蛇王ザッハークとやらが、復活したとでも？」

何気ないシンドゥラ人の言葉に、パルス人たちが凍りついた。

無言で顔を見あわせる。そのようすを嘲弄《ちょうろう》するかのように、檻車の方向から鳥面人妖《ガブル・ネリーシャ》の叫び声がひびいた。

ようやくトゥースが静かに応じた。

「あまり軽々しい口をきくな、シンドゥラ人。蛇王の名をみだりに唱《とな》えれば、蛇王があらわれる」

トゥースは臆病《おくびょう》なのではない。慎重で、軽率をきらう人物であることは、パルス全軍が知っている。その発言の重みは、もちろんジャスワントも知っていた。

「この際、申しあげるが……」

ジャスワントが口調をあらためた。

「あなたたちは、地上最高の勇者ぞろいだ。シンドゥラ、ルシタニア、ミスル、チュルク、それにトゥラーン。四方の雄敵《ゆうてき》をことごとく撃ちしりぞけて、大陸公路に勝利の旗をひるがえしている。これほど武略《ぶりやく》を誇る騎士の面々が、こと蛇王ザッハークの名を耳にすると、顔色を変える。まことに失礼ながら、なぜそこまでザッハークを恐れなさるのか？」

パルス人たちは怒らなかったが、答えたイスファーンの声は、異国人の無知をたしなめるかのようであった。

「蛇王ザッハークをあなどるな、シンドゥラ人。やつは聖賢王ジャムシードを虐殺し、千年にわたって地上を支配したのだぞ」

「それがどうしたというのだ。われわれはアルスラーン陛下におつかえする身ではないか」

常日頃《つねひごろ》はどちらかといえば控えめなジャスワントが、このときは昂然《こうぜん》と言い放つのだった。

「お忘れあるな。英雄王カイ・ホスローは宝剣ルクナバードを持っていたのだろう？　いま、その宝剣は、どなたの御手《みて》にある？」

ジャスワントの問いかけに対して、返答はなかった。誰もが承知していることだ。宝剣ルクナバードは、いま、国王《シャーオ》アルスラーンの所有物となっている。その意味するところは、アルスラーンの即位を英雄王の霊が認め、彼の正統性が保証されたということであった。

「よくいった、シンドゥラ人」

やがて声をあげたのはクバードだ。

「地上の何者にも、われらパルス軍を臆病だとは、そしらせぬ。だが、驕《おご》るのも愚《おろ》かというものだからな。ザッハークがいるゆえに、われらは自分たちが無敵と思いあがらないでいられるのだ」

「たしかに」

と、イスファーンが大きくうなずく。

「ザッハークなきザッハーク一党など、誰がおそれるか」と言い放ったのはイスファーンである。それは虚勢ではない。だが、「ザッハークを擁《よう》するザッハーク一党」は、笑いとばすには巨大すぎる存在だった。

隻眼で一同を見わたして、クバードがたくましい腕を組んだ。

「では目下《もっか》の急務だ。話して融和《ゆうわ》できる相手ではなし、戦うのは当然として、勝つための知恵を出してもらおう」

すると、イスファーンとジャスワントが視線をあわせてうなずきあった。指を鳴らして合図すると、モルタザ峠からしたがってきた数名の兵士が、小さな荷車を押し出してきた。荷物の上に厚い布がかけられている。

「これをごらんあれ」

ジャスワントが荷車をおおう布をはねのけた。芳香《ほうこう》が立ちのぼった。オレンジに似た爽《さわ》やかな香りは、魔除《まよ》けの香と、その原料となる果実の山から発せられている。

「これはおどろいたな。車一台の荷が、すべて芸香《ヘンルーダ》か」

「副宰相にして宮廷画家たる御仁の指示で」

クバードは一笑した。

「よしよし、あの男は絵など巧《うま》くならなくてよい。おれが許す。絵がすこしばかり巧くなった分、悪知恵に曇りが生《しょう》じては、パルス国の損失だからな」

クバードは、兵士のなかのおもだった者を呼び寄せて告げた。

「松明《たいまつ》ごとに、芸香《ヘンルーダ》を投《とう》じよ。妖魔どもは近づけなくなる。当面、その匂いのする場所にとどまって、つぎの指示を待つのだ」

「芸香《ヘンルーダ》を剣や槍や矢に塗っては、いかがでござろう。何がしかの効果があると思われますが」

「なるほど、よい考えだ」

トゥースの提案に、クバードがうなずき、ただちに実行を命じた。武将たちが話しあう間、兵士たちにただ待たせておくことはない。何かさせておいたほうが、不安もまぎれる。兵士たちの手に芸香《ヘンルーダ》が渡される。兵士たちは芸香《ヘンルーダ》を水筒に放りこんで溶《と》かし、剣の刃や槍の穂先、さらには鏃《やじり》に塗りつけた。自分たちの口にもふくみ、手や服に吹きつける。

「まだたくさんあるぞ、存分に塗りこめ」

空洞に芸香《ヘンルーダ》の香気が立ちこめた。人間にとっては不快な匂いではないが、妖魔にとっては、ときとして致命的になる。

檻車に閉じこめられている二匹の鳥面人妖《ガブル・ネリーシャ》が、けたたましい叫喚《きょうかん》を発した。そちらに向けて、芸香《ヘンルーダ》の匂いがただよっていったらしい。

「やかましい、妖魔ども」

ののしっただけで、ほとんどの兵士は芸香《ヘンルーダ》を塗るのに専念したが、例外がいた。じっと注意深く、鳥面人妖《ガブル・ネリーシャ》を見ている。

トゥースの三人の妻のうち、最年長のパトナであった。最年長といっても、まだ十八歳の若さである。

並んで立つのは、一歳ちがいの妹クーラだ。いかにも慧敏《けいびん》そうな十七歳の少女で、剣の柄に手をかける、いさましげな身ごなしに隙がない。さらに十五歳のユーリンが、まだまだ子どもっぽい印象でひかえている。三人は手早く芸香《ヘンルーダ》を塗り終えると、檻車のなかの怪物が何か不審な行動をとらないか監視していたのだ。

末娘が、すぐ上の姉に話しかけた。

「クーラ姉上、あの怪物、たとえ自分が殺されても、味方が勝利するならかまわない、とは思ってませんよね?」

「自分が犠牲になっても? そんな殊勝《しゅしょう》なやつとは思えないけどね」

妹の意見に異をとなえつつ、クーラは檻車のなかの怪物たちを見やった。

ふと、クーラの表情が変わった。形のいい顎《あご》に手をあてて考えこんだが、長いことではなかった。姉と妹に何か話しかけ、三人であわただしく相談をまとめる。三人を代表してパトナが騎士たちに呼びかけた。

「みなさま方、僭越《せんえつ》ですが、わたしたちで考えがございます。聴いていただけますか？」

トゥースはおどろいたように妻たちを見たが、反対はしなかった。こうして八人の間で相談がまとまるのに、長くは要さなかった。

II

人間どもがどのような話しあいをしたのか、鳥面人妖《ガブル・ネリーシャ》にはわからなかった。ただ、いっせいに振り向いた人間どもの顔に、何やら邪悪な笑いが浮かんでいるように見える。人間どもが歩み寄ってきた。いよいよ殺される、と思ったのだが、隻眼《せきがん》の大男が、存外《ぞんがい》おだやかな声をかけた。

「いや、おぬしらには色々と迷惑をかけたな。どうか悪く思わんでくれ」

鳥面人妖《ガブル・ネリーシャ》は返答しない。返答できなかったのだ。人間どもは彼を傷つけ、檻車にとじこめて虐待している。戦いを開始するにあたり、生贄《いけにえ》として血祭りにあげるか、人質にするか、どちらかだろうに、この態度は何だ。

「思えば、人と魔とは、かならず争って殺しあわねばならぬ宿命でもない。平和に、友好的に、共存できれば、それに越したことはない。そう思わんか」

もっともらしく述《の》べたてる隻眼の大男の左右で、他の人間どもは、腕を組んでうなずいたり、鳥面人妖《ガブル・ネリーシャ》に向けて笑いかけたりしている。何とも奇妙で、うかつに信じる気にはなれなかった。

「汝ら、何をたくらんでいる？」

有翼猿鬼《アフラ・ヴィラーダ》と異《こと》なり、鳥面人妖《ガブル・ネリーシャ》は人語をしゃべることができる。いささか聴きづらくはあるが、くぐもったような声で、疑念を投げかけた。

「たくらむなど、とんでもない。これまでのことを反省して、おぬしら妖魔と仲よくしたいと思っているのだ」

「ふん、信じられるものか。人間は邪悪で貪欲《どんよく》で無慈悲で、他の生き物を支配せずにはおられぬ、呪われた種属《しゅぞく》ではないか」

「まあ、そういわずに、おぬしらのほうも心を開いて、われわれと仲よくしてくれんかな」

すると、いかにも美味《うま》そうな、潑剌《はつらつ》とした人間の女が声を張りあげた。ユーリンである。

「そうよ、どうして人と魔とが争わなくてはならないの。誠意をもって話しあえば、きっと理解しあえるはずよ。いいえ、それどころか、人と魔との間に、美しい愛が育《はぐく》まれる可能性だって、ないとはいいきれないわ」

鳥面人妖《ガブル・ネリーシャ》が鼻白《はなじろ》むのを見て、クーラが妹の熱演に冷水《れいすい》をあびせた。

「ユーリン、演技しすぎ。ほどほどになさい」

「そうかしら。自分では、なかなかのものだと思っているのだけど」

「ほら、鳥面人妖《ガブル・ネリーシャ》があきれてるじゃないの。パルス国の演劇の歴史はずいぶん旧《ふる》いそうだけど、人じゃなくて魔物をあきれさせた大根役者《スラトスームイ》は、パルス史上あんたがはじめてでしょうね」

ユーリンが思いきり頬をふくらませる。妻たちの姉妹げんかを、見ないふりで、トゥースが鳥面人妖《ガブル・ネリーシャ》に語りかけた。

「まあ、にわかに信じられないのも、無理はない。だが、ここは信じたほうが得だぞ。嘘でない証拠に、おぬしらを逃がしてやる」

「何をたくらんでいる?」

鳥面人妖《ガブル・ネリーシャ》は、そうくりかえした。実際、この人間どもが何をたくらんでいるのか、見当がつかない。腹の胎児ごと妊婦を食い殺し、乳児の脳をすする蛇王ザッハークの一党と、人間どもが融和できるはずはなかった。ごく一部の、魔道に堕《お》ちた輩《やから》が、同胞の滅亡と自分たちの栄達《えいたつ》を熱望して、蛇王ザッハークの再臨《さいりん》に力をつくしているが、眼前にいるこの人間どもも、そうなのだろうか。

「信じられん、信じられるものか！」

考えるほどに、わけがわからなくなってきたので、鳥面人妖《ガブル・ネリーシャ》はどなった。人間どもは顔を見あわせて薄笑いを浮かべる。

「これは誠意を形であらわすしかなさそうだ」

「そうそう、おぬしらは自由の身だ。出ていってかまわんぞ」

「さあ、仲間のもとへ帰るがよい。痛い目にあわせて悪かったな、どうか恕《ゆる》してくれ」

クバードが大きな鍵《かぎ》を錠前《じょうまえ》に差しこんだ。金属的な音がして、錠前がはずれる。扉が開かれ、鉄棒でふさがれていない空間が、鳥面人妖《ガブル・ネリーシャ》の前にひろがった。

一匹の鳥面人妖《ガブル・ネリーシャ》が動いた。半ば酔ったような足どりだが、開かれた扉口《とぐち》に歩み寄り、まさに檻車の外に出ようとしたとき、もう一匹の鳥面人妖《ガブル・ネリーシャ》が、仲間の肩をつかんで引きとめた。両眼に赤々と炎を燃えたたせ、険悪きわまる表情で何かどなる。すると、出ていこうとした鳥面人妖《ガブル・ネリーシャ》が、仲間の手を振りきり、嘴《くちばし》を激しく上下させてどなり返した。

姿勢を低くする。

三言、四言、何をいっているのか人間たちには理解できなかったが、話しあいもそこまでだった。一方の鉤爪《かぎづめ》がもう一方の顔に伸びると、血と羽毛が飛び散った。すさまじい怒号《どごう》がおこる。

せまい檻車のなかで、鳥面人妖《ガブル・ネリーシャ》どうしの格闘がくりひろげられた。つかみあい、爪をたて、嘴でつつきあう。頸《くび》を絞《し》め、なぐり、蹴とばす。相手を檻車の鉄棒にたたきつけ、床にねじ伏せ、その間けたたましく鳴き騒ぐ。

「仲間割れか」

皮肉っぽく人間どものひとりがつぶやき、仲間たちが肩をすくめた。

あらそう両者の身体が鉄棒に激突する。

檻車がかたむき、ひっくりかえった。音響と土塵《どじん》が舞いあがり、円形の物体が宙を飛ぶ。岩壁に激突して砕けたのは、はずれた車輪であった。

人間どもは左右に跳《と》びのいて、災難に巻きこまれるのを避けた。檻車はこわれ、鉄棒がはずれて、そこから大きな影が舞いあがる。人間どものひとりが槍を差しのべた。

芸香《ヘンルーダ》を塗った槍先をあやうく回避して、鳥面人妖《ガブル・ネリーシャ》は勝利の叫びを放った。

「出られたぞ、出られたぞ！」

叫びに、羽ばたきの音がかさなる。

「最初から、出してやるといっていたではないか」

トゥースの台詞《せりふ》は、鳥面人妖《ガブル・ネリーシャ》の耳にはとどかなかったようだ。

回復した自由を満喫《まんきつ》するように、空洞の天井近くを飛びまわる。その姿を見あげ、指さして、人間どもは騒ぎたてるだけで、手を出しようもないかのようだ。

思うさま、鳥面人妖《ガブル・ネリーシャ》は嘲笑した。

「ざまを見ろ、人間どもめ！」

不快きわまる羽音をたてながら、それを打ち消す大声で叫びたてる。眼下に人間どもを見おろして、口汚《くちぎた》なく人語を投げ落とした。

「二度とおれをつかまえることはできぬぞ。まぬけ面《づら》をして、そこで、恐怖に満ちた死がやってくるのを待っておれ」

メルレインが無言で弓をかまえ、狙《ねら》いをさだめて射放した。矢は銀色の軌跡《きせき》を描いて飛んだが、鳥面人妖《ガブル・ネリーシャ》の羽先をかすめて、むなしく空洞の奥へと消え去った。

「はずしおったわ、未熟者め、そのていどの技倆《うでまえ》で、おれさまを倒せるかよ」

鳥面人妖《ガブル・ネリーシャ》は宙で身をひるがえした。

「待っておれ、味方をつれてきて、きさまらを鏖殺《おうさつ》してくれるぞ。八つ裂きの皆殺しだ。そのあとはペシャワールの城をおそって、あたり一面、血の海にしてくれるわ！」

狂笑しながら闇の奥へと飛び去っていく。その方角を、人間どもは正確にたしかめた。

「よし、やつは右の道へいった」

「ということは、左の道が脱出路ということだな」

悪辣《あくらつ》な人間どもは、笑ってうなずきあった。彼らはまんまと怪物をだまし、正しい脱出路を知ることができたのだ。

「全員いそいで左の道へいけ。やつが仲間に報《しら》せて追ってくるまで、それほど時間はないぞ」

クバードの指示で、二千名の将兵はあわただしく動きはじめた。貴重な芸香《ヘンルーダ》を積んだ荷車を中央にすえ、隊列をととのえる。

最後衛を引き受けたイスファーンが、大空洞から左の通路への出口に、芸香《ヘンルーダ》をまきちらす。二匹の狼、火星《バハーラム》と土星《カイヴァーン》が、せつなそうに、小さなくしゃみをした。彼らの頭をイスファーンがなでる。

「お前たちの鼻には、この匂いは強すぎるな。しばらくのことだ、がまんしてくれ」

地上でうめき声がおこった。こわれた檻車の下で、羽がうごめき、赤い眼が光っている。逃げおくれたもう一匹の鳥面人妖《ガブル・ネリーシャ》が、檻車の下敷きになっていたのだ。こわれた車体を押しのけ、怒りの叫びとともに起きあがった瞬間、抜剣《ばっけん》したイスファーンが馳《は》せ寄った。

剣光は正確に、鳥面人妖《ガブル・ネリーシャ》の頭部と胴体とを両断した。胴体は左にころがり、頭部は右へ飛んで、開いたままの嘴が石にかみついた。

III

「まさか首は生《は》えてこないでしょうな」

「わからんぞ」

イスファーンの問いに、クバードが眉をひそめてみせた。

「首と胴とを、別々の場所に棄てておけ。あ、待った、その前に、首の斬り口に芸香《ヘンルーダ》を塗っておくのだ」

兵士たちが、芸香《ヘンルーダ》を溶かした水を、鳥面人妖《ガブル・ネリーシャ》の傷口にふりかけた。

「さあ、いそげ」

メルレインとジャスワントが先頭に立って馬を進める。どこまで騎馬で前進できるかわからないが、いけるところまでいって、必要となれば徒歩になるだけのことだ。

二千騎が地底の道を進む。五百余の松明《たいまつ》が赤く黄色く道を照らし、岩壁に映る騎馬の影を揺動させた。それとともに、芸香《ヘンルーダ》の香気がたちこめる。

芸香《ヘンルーダ》の香気を追えば、妖魔どもは人間たちの跡を正確につけることができるはずだ。だが、うかつに手を出すこともできない。この地下道にあって、人間にとっても妖魔にとっても、芸香《ヘンルーダ》は両刃の剣であった。

ときおりメルレインは手に矢をつかんで鏃《やじり》を松明《たいまつ》に突きいれ、前方の闇に向かって火矢を飛ばした。闇のなかに小さな光点が生まれると、それをめざして前進する。前方に妖魔がひそんでいれば、芸香《ヘンルーダ》の香気に対して反応があるはずだが、そういうことはなかった。

「待ち伏せということはなさそうだな」

メルレインの言葉に、何か別の音がかさなった。それが水音であることがわかって、松明の灯《あか》りで兵士たちに確認させてみると、道にそって地底の川が流れていると判明した。

松明の光もとどかぬ頭上の闇を、メルレインが仰ぐ。

「この岩天井のはるか上には、英雄王カイ・ホスローの陵墓があるはずだ」

「その意味するところは？」

ジャスワントが理屈っぽく問うと、すこし考えてからメルレインは答えた。

「まあ栓《せん》のようなものだ。栓をとると、デマヴァントという瓶《びん》の口から、諸々《もろもろ》の悪と災厄とが地上に噴き出す」

「わかりやすい喩《たと》えだ」

「子どもと異国人には、わかりやすい喩えが必要だからな」

どういう意味か、と、ジャスワントがいいかけたとき、クバードの声がひびいた。

「この川は外界へ流れ出している可能性が高い。流れにそって、当分は進むぞ。毒の有無《うむ》をたしかめねばならんが、なければ水の補給にもこまらん」

不意に大きな水音がして、川面《かわも》に大きな影がはねた。松明《たいまつ》を差しのべて姿を確認した兵士たちが、ささやきあう。

「山椒魚《サーマンドル》だな」

「どうにも気味が悪い生物だ」

「毒はないはずだが……」

「他の場所に棲《す》んでいるものならな。ここはデマヴァント山だぞ」

選びぬかれた精強《せいきよう》な兵士たちだが、地上にいるときより口数が多い。不安をまぎらわせるためだ、とわかっているから、武将たちはいちいち咎《とが》めなかった。

しばらくつづいた行軍を、奇怪な音がとどめた。血に飢えた咆哮《ほうこう》が、背後からせまってきたのだ。重いが、やわらかな足音。それもひとつやふたつではない。

イスファーンの足もとで、火星《バハーラム》と土星《カイヴァーン》が毛をさかだてた。イスファーンの傍にクバードが馬を寄せる。

闇を見すかすと、松明の炎を受けて、ぎらつく眼が急接近してくる。赤い眼が双《ふた》つ、黄色い眼が双つ、それがひとつの顔のなかに並んでいるのだ。

「四眼犬《シエムル》……？」

「ほう、ようやく追いついて来おったか、妖魔どもが」

イスファーンの左右で、火星《バハーラム》と土星《カイヴァーン》が身を低くした。跳躍と攻撃の姿勢をとったのだ。

四眼犬《シエムル》は普通の犬よりひとまわり大きく、体毛はまばらで、薄い褐色の皮膚がほとんどむき出しになっている。四つの眼は、上の双つが赤く、下の双つが黄色い。黒い舌の先から、よだれを流す姿は、恐怖をしのぐ嫌悪感をもたらす。雑食性だが、他の獣であれ人間であれ、子どもを喰《くら》うことを好むのが、やはり蛇王ザッハークの眷属《けんぞく》である。

四眼犬《シエムル》は耳ざわりなうなり声をあげ、赤く黄色く眼を光らせながら躍り寄ってきた。土星《カイヴァーン》と火星《バハーラム》が地を蹴って迎えうつ。二匹の怪物が勇敢な狼たちと激しく噛《か》みあう間、他の何十匹かはパルス軍の人馬の列に突入した。怒号と咆哮《ほうこう》、馬のいななきがぶつかりあう。

クバードの大剣が松明の炎に一閃《いっせん》した。

四眼犬《シエムル》の首が血の尾を曳《ひ》いて飛び、岩壁にたたきつけられる。首をうしなった胴体のほうは、そのことに気づかぬかのように、五、六歩走ってから、鈍い音をたてて横転《おうてん》した。パルス兵のひとりが、短い絶鳴《ぜつめい》を発して横転する。その胴を、太い槍のようなものがつらぬいていると見えたのは、何ととがった鍾乳石《しょうにゅうせき》であった。誰が投げつけたのか。けたたましい叫喚《きょうかん》が上方からひびき、地底の闇を羽音が切り裂いた。松明の灯りが、飛びまわる影をとらえた。炎が揺れ、影は実際の動きよりさらに不気味に揺れはずむ。兵士たちの頭上から、鍾乳石が降りそそいできた。とがったもの、丸いもの、四角いもの。空中から怪物たちが投げつける大小の石を、兵士たちは盾をかざしてふせいだ。

怪物どもは狡猾《こうかつ》だった。盾のために、兵士たちは頭上を見ることができない。手持ちの石を投げつけながら急降下し、隊列の端にいる兵士の身体をすくいあげる。舞いあがる怪物。その腕のなかで悲鳴をあげる戦友を見ても、兵士たちにはどうしようもなかった。悲鳴がとだえ、兵士たちの顔や手に熱い血が降りそそぐ。

あきらかに人間の脚をくわえた有翼猿鬼《アフラ・ヴィラーダ》が、空洞の天井めがけて舞いあがろうとする。その頸筋《くびすじ》を一本の矢がつらぬき、有翼猿鬼《アフラ・ヴィラーダ》は絶叫する形に口を開いた。くわえられていた脚は宙を落下する。有翼猿鬼《アフラ・ヴィラーダ》は激しく羽ばたき、かろうじて空中を泳ぎながら手を後ろにまわし、頸《くび》に突き刺さった矢を引きぬこうとする。

ふたたび弦音《つるおと》がひびき、二本めの矢が有翼猿鬼《アフラ・ヴイラーダ》の左眼に突き立った。怪物は短い叫びをあげ、それが消えぬうちにあおむけに倒れた。矢を放ったのはメルレインだ。兵士たちが駆け寄ろうとするのを制し、無言のまま三本めを射放す。仲間が落とした人間の脚を、まさにひろいあげようとしていたべつの怪物が、耳に矢を立てて川の対岸へ墜ちていく。

「やった《バーダー》ぞ、やった《バーダー》ぞ！」

兵士たちが歓声をあげる。メルレインは微笑の欠片《かけら》さえ浮かべず、有翼猿鬼《アフラ・ヴイラーダ》に歩み寄った。左眼に突き立った矢を引きぬく。血のかたまりがついた鏃《やじり》を、水流に突っこんで洗い清めた。

「一匹を斃《たお》すのに、二本も矢を使うとは、おれの技倆《うで》も落ちた」

舌打ちまじりのつぶやきを発する。もう一本の矢は、有翼猿鬼《アフラ・ヴイラーダ》の頸《くび》に矢羽近くまで埋まり、その手につかまれてもいるので、引きぬきようがなかった。

メルレインの左右でたてつづけに刃鳴りと叫喚がわきおこり、血が飛散した。鉤爪で腹を切り裂かれた兵士が、よろめいて横転する。前後から二本の槍につらぬかれた有翼猿鬼《アフラ・ヴイラーダ》が、上昇しようとして果たせず、翼で地を打つ。

戦闘は短かったが激しく、襲来した妖魔の半数が死体となって人間たちの足もとにころがった。芸香《ヘンルーダ》の香気が彼らの力を弱めたのであろうか、憎悪と呪詛《じゅそ》の声を岩天井に反響させながら、地底の川を飛びこえて、生存者は逃げ去った。

「やつら、斬られても再生するのではなかろうか」

「芸香《ヘンルーダ》を塗った剣で斬られれば、たぶん死ぬだろう」

「わからんぞ。傷つくだけかもしれん」

ささやきあいながら、兵士たちは、不幸な戦友たちの遺体を壁ぎわに並べた。五体あった。葬礼に多少の心得を持つトゥースが、パルスの神々に短い祈りをささげ、遺体の上に芸香《ヘンルーダ》をまく。遺体が妖魔に食い荒らされぬためにだが、正直なところ、どのていど効果があるかは定《さだ》かではなかった。

妖魔どもの死体については、川に放りこもうという意見も出たが、屍毒《しどく》で水が汚染されるおそれがある。そのまま放置しておくことになった。

IV

芸香《ヘンルーダ》の薄い煙に守られる形で、パルス軍の人馬の列は、地底の道を進みつづけた。半ば歩き、半ば走る。その後から妖魔どもが追いすがる。

地底の川にそって馬を歩ませつつ、兵士のひとりが不安の問いを投げかけた。

「も、もし芸香《ヘンルーダ》の効果が消えたら、どうなるのでござろう?」

「だから効果のあるうちに地上へ出るのだ。いそごうぞ」

トゥースの声に、兵士たちはこわばった表情でうなずき、愛馬をはげまして前進する。

百ガズ(一ガズは約一メートル)ほどの間を置いて、人間たちの通りすぎた闇のなかを、異形の大群がひしめきあいつつ追いかけていく。二千の人間に対し、圧倒的に数でまさる妖魔は、一気に攻勢をかけ、殲滅《せんめつ》する機会をうかがっているようであった。

いきなり人間たちの横あいに広い空間が出現した。川の対岸には岩壁がつづいていたのに、それが切れて、平坦な岩場がひろがっている。松明《たいまつ》の光を受けてうごめく異形の影が、闇の奥まではてしなくひしめいていた。人間たちは息をのんだ。

「あのひしめきあっているのが、すべて妖魔なのか」

「何万いるか、数も知れぬぞ」

「あれがいっせいにおそいかかってきたら、数の上ではとうてい勝てぬ」

「案ずるな、間に川がある。飛びこえてくるやつを、狙い撃てばよいのだ」

その声も終わらぬうちに、石が飛んできた。奇声を放ち、躍りあがりつつ、有翼猿鬼《アフラ・ヴィラーダ》や食屍鬼《グール》が石の雨をあびせてくる。顔を石で打たれた兵士が、鼻や口から血を噴き出してうずくまる。

兵士たちは上官の指示にしたがい、盾をあげ、姿勢を低くして投石から身を守った。盾にはね返された石が、地や川面《かわも》に落ちていく。

石に打たれた馬が悲しげにいななくと、兵士たちの怒りはつのり、盾の間から矢を放って、怪物たちを射倒した。怪物たちも怒りと憎悪の叫喚を発し、腕や前肢を振りまわす。

白く光るものに気づいて、兵士たちは愕然《がくぜん》とした。

「冗談じゃない、あいつら、刀や矛《ほこ》を持っているぞ」

「武器を使えるのか!?」

「誰かが教えたのかもしれん」

兵士たちの会話を聴いて、メルレインが問いかける。

「火は？　松明を持っているか？」

「それはないようです、いまのところは」

「火まで使われたら、ふせぎようがなくなるな」

メルレインは舌打ちしたが、兵士たちの不安をそそることを懸念《けねん》して、それ以上は口にしなかった。

投石の雨が弱まったので、クバードは前進を命じた。川の方角、つまり左側に盾を並べて、隊列は動き出す。対岸からその光景を看《み》てとると、怪物どもは奇声を放ち、なお投石をつづけながら、人間たちにあわせるように前進をはじめた。あきらかに、彼らなりに隊列を組んで行動している。

クバードが感心した。

「ほほう、怪物ども、よく統制がとれているではないか」

「まったくだ。誰ぞ名のある将軍にでも指揮されているかのようだ」

「まさかそんなことはあるまいが、こうなるとまさに軍隊だな」

トゥースが英雄王の武勲詩を思い出した。

「英雄王カイ・ホスローは、マザンダラーンの野で蛇王ザッハークの軍勢を撃ち破った。たしかに妖魔どもは軍勢をつくれるのだ」

「そのときは、ザッハーク自身が百万の妖魔を指揮していたはずだ」

いったい何度めのことか、岩壁と川にはさまれたせまい道から、かなり広い空洞に出た。人間の兵士たちは上官の指示を受け、一方の壁を背にして、半円形の陣をつくった。外周に盾を並べ、長槍を突き出す。その迅速《じんそく》さ、整然たる陣形は、大陸公路にとどろくパルス国の武名を恥ずかしめぬものであった。

何倍もの数を誇る怪物どもは猛然とおそいかかる。後方から陸づたいに、そして川の対岸から空を飛んで。

メルレインの弓が高らかに死の曲を奏《かな》でる。

芸香《ヘンルーダ》を塗った鏃《やじり》は、怪物どもの身体に突き刺さると、激痛の炎を体内に走らせた。つぎつぎと地に横転する。半円陣に肉薄《にくはく》した怪物たちは、盾にはばまれ、長槍につらぬかれて、これまた地に倒れ伏す。

「あててみろ、おれにあたるか、へたくそな人間めが」

血の匂いが立ちこめるなか、宙を舞いつつ人語で叫ぶ鳥面人妖《ガブル・ネリーシャ》がいる。

その鳥面人妖《ガブル・ネリーシャ》が、檻車を破って逃げ出した一匹であることを、メルレインは悟った。

「未熟者め、できるものならあててみろ。あたったらほめてやるぞ！」

「では、お言葉に甘えて」

無造作《むぞうさ》に矢をつがえ、無造作に狙いをつけると、無造作に射放す。

銀色の細い光に咽喉《のど》をつらぬかれたとき、鳥面人妖《ガブル・ネリーシャ》の顔に浮かんだのは、苦痛でも恐怖でもなく、「信じられぬ」という表情だった。叫び声をあげようとして、どす黒い血を吐き出すと、鳥面人妖《ガブル・ネリーシャ》は翼でむなしく空《くう》をたたきながら、まっさかさまに、地底の流れへと墜《お》ちていった。

「でかした！」

クバードが賞賛《バリキャラー》すると、ゾット族の若い族長代理は、つまらなさそうに応じた。

「わざとはずすほうが、よほどむずかしい」

「あのときはほんとうに名演技でした、メルレイン卿」

パトナが賞賛すると、勢いよくクーラが同調する。

「まったく、くやしそうなお表情《かお》までなさって、ユーリンの何百倍もお上手《じょうず》でした」

「何でそこにあたしが出てくるの！」

と、三人姉妹の末娘が抗議する。

血戦《けっせん》のただなかだというのに、笑声がおこった。この三人姉妹が健在なかぎり、パルス軍は全滅することなく地上へ脱出できるように思われた。メルレインは、笑いこそしなかったが、弓を引きつつ、血の匂いと無縁なことを考えた。

「三人とも美人で可愛《かわ》いな。でも、おれの好みとは、すこしちがう」

メルレインは、ひ弱に見えるほどおしとやかな女性が好みなのだ。つまり、彼の妹と反対の型である。この三年ほどの間に、何人か理想の女性を見つけたように思われたが、いずれも長つづきしなかった。おしとやかに見えたのが、単に身体を動かすのが嫌いなだけだったり、朝ちょっとしたことで泣き出すと夜まで泣きつづけたり、病弱を理由に高価な薬を飲むのが趣味だったりした。

前年の秋、ようやく、ほんとうにおしとやかな娘に出逢ったが、その娘には相思《そうし》の貧しい男がいるとわかったので、メルレインはいつもの不機嫌そうな表情のまま、百枚の金貨《デーナール》をあたえて結婚させてやった。美談ではあったが、一族の婆さんたちから、

「族長代理は何ていい男っぷりなんだろ。わたしが五十年若かったら、放っておかないねえ」

と絶讃されても、本人はすこしも嬉《うれ》しくないのであった。

何百、あるいはそれ以上の妖魔が、川を飛びこえる途中で射落とされ、水音とともに沈み、あるいは流されていった。パルス軍もまた、人も馬も傷つき倒れていく。

倒れた馬は、その場で主人によって殺された。脚を折った馬はどうせ助からないし、そのまま倒れていれば妖魔どもに生きたまま喰われるだけである。頸筋《くびすじ》を刺してひと思いに死なせるのが、戦場での慈悲《じひ》であった。

トゥラーン兵もそうだが、人馬一体と称されるパルス騎兵にとって、みずからの手で愛馬を殺すのは耐えがたいことだ。愛馬の血で刀をぬらした騎兵は、憤激と憎悪に身を慄《ふる》わせ、徒歩で敵中に斬りこんでいく。猛然たる攻勢は、敵も殺すが、自身も冷静さをうしなって、敵に包囲され、牙《きば》や爪に切り裂かれていくのだった。

V

デマヴァント山の地底深く、巨大な空洞や長い長い地道《トンネル》をめぐって、人と魔との戦いは、はてしなくつづくかと思われた。

「今日はもう何日だ？」

「さあな、まだ七月にはなっていないと思うが」

太陽の光は、この呪われた戦場にはとどかない。騎馬で進む。馬をおりて歩く。戦う。休息する。交替で睡眠をとる。水とともに乾肉や麺麭《パン》をのみ下す。ひたすら、そのくりかえしだ。

水、糧食、松明《たいまつ》、矢などは充分に用意していたが、ジャスワントがおおざっぱに計算したところ、すでに半分になっている。妖魔の急襲を受けて置き棄《す》てにせざるをえなかった分もあるから、正確に測《はか》ることはむずかしいが、

「そろそろ三日はたったかな」

と、シンドゥラ人の戦士は判断していた。

人間たちは血と汗と泥にまみれ、人員を補充することもできないが、妖魔たちは殺され

ても殺されても洪水《こうずい》のごとく押し寄せてくる。

刻々と不利になる戦況のなか、大剣をふるいつづけるクバードの姿は、洪水のなかの巌《いわお》のようであった。

「一対一で闘うな！　三人ひと組になれ」

命じたとき、すでにクバードの大剣は噴血《ふんけつ》のもとに、二匹の妖魔を四体に断《た》ち切っている。この地底で彼が討ちとった妖魔の数は、本人にもかぞえることができない。

クバードの足もとに黒い影がすばやく這《は》い寄る。土星《カイヴァーン》が躍りかかった。四眼犬《シエムル》の頸筋《くびすじ》に鋭い牙を突き立てる。そのまま振りまわそうとしたが、土星《カイヴァーン》はまだ少年期で、身体が成育しきっていない。身体の大きな四眼犬《シエムル》は、土星《カイヴァーン》を頸筋にぶらさげたまま、さらにクバードにおそいかかろうとした。だが、さすがに動きは鈍くなっている。クバードの大剣がうなりを生《しよう》じ、四眼犬《シエムル》の頭部を撃ちくだいた。

「助かったぞ。イスファーン卿のくれる餌が安物になったら、おれの家へ来い。よく肥《こ》えた羊を、いくらでも食わせてやる」

クバードの謝辞を理解したのかどうか、土星《カイヴァーン》は元気よく、つぎの敵を求めて走り去る。ジャスワントが敵の動きを見て声をあげた。

「前方にまわりこまれるぞ！」

「心配無用だ」

メルレインが弓をかまえると、その左に立ったクーラも矢を射る体勢をとった。

メルレインがたてつづけに三度、弦音をひびかせると、三本の矢が三匹の妖魔を地に射倒した。一匹は咽喉《のど》をつらぬかれて微動だにしない。一匹は腹に、一匹は顔面に、矢を立てて苦痛にのたうつ。

クーラの矢は正確に命中したが、やや弓勢《ゆんぜい》が弱かったようだ。鳥面人妖《ガブル・ネリーシャ》が右胸に浅く矢を突き立てたまま、翼をひろげてクーラにおそいかかる。

クーラは二本めの矢を弓につがえようとしていたが、まにあわない。とっさに、手にした矢をそのまま思いきり前上方に突き出すと、鳥面人妖《ガブル・ネリーシャ》の眉間《みけん》に突き刺さった。たまらず地上に墜ちたところを、剣を抜いて咽喉《のど》をつらぬく。とどめをさして、妹に叫んだ。

「ユーリン、トゥースさまの背後をお守りするのよ！」

「おまかせください、姉上がた、生命にかえても」

妻たちの会話を背に、トゥースは無言で前進する。このとき妻たちをかえりみることもしなかったのは、戦場で公私《こうし》を峻別《しゅんべつ》したからか、妻たちの武芸を信じているからか。

トゥースの手に、鉄鎖《てつさ》が鳴った。

頭上で苦鳴《くめい》がひびきわたり、側頭部をしたたか打たれた有翼猿鬼《アフラ・ヴイラーダ》が、羽ばたきひとつせず落下してきた。重い音をたてて地にころがり、赤い眼に憎悪を燃やして、なお起きあがろうとする。第二撃が飛び、鉄鎖の先で怪物の頭部がくだけた。

間髪《かんぱつ》いれず、トゥースが身をひるがえす。その冑《かぶと》をかすめたのは、有翼猿鬼《アフラ・ヴイラーダ》の危険な鉤爪《かぎづめ》だった。低空でのはばたきに腕を打たれて、ユーリンが槍をとりおとす。トゥースの鉄鎖が旋回し、かろうじてかわした有翼猿鬼《アフラ・ヴイラーダ》だが、体勢をくずして地にころんだ。

満身の力をこめて、駆け寄ったパトナが槍を突き立てる。

狙いはわずかにそれて、槍の穂先は怪物の胴をかすり、岩壁にあたって火花を散らした。怪物は腕を振りあげ、パトナに向けて鉤爪を振りおろそうとしたが、苦痛の呻《うめ》きをあげて身をよじらせる。深傷《ふかで》ではないが、槍の穂先に塗られた芸香《ヘンルーダ》が、効果をあげているようだ。

槍をすくいあげたユーリンが、そのまま低い位置から穂先をくり出す。彼女はみごとに名誉を回復した。頸筋を左から右へ、一気に突き通された怪物は、血のかたまりを口から吐き出し、全身を慄わせると、永遠に動きをとめる。

何十回めかの攻撃をしりぞけると、死体の山を前にして、人間たちは食事をとった。たぶん三日めの夕食か、四日めの朝食である。血臭《けっしゅう》で鼻が麻痺《まひ》しているので、食物の味もよくわからない。

　ふと、イスファーンがいった。

「あれだけの怪物を食わせるためには、何万人もの人間が必要だろう」

「羊や牛だって食うだろうさ。だが地底にそんなものはいないしな」

　口にふくんだ水を、メルレインが飲み下す。

「しかし、だとすると、この地底で、やつらは何を食って生きのびていたのだ？　カイ・ホスロー王の即位以来、何万人という人間が消えたという記録はないぞ」

　トゥースの声に、クバードが応じる。

「おれがいままで聞いたところでは、やつらは蛇の眷属《けんぞく》だから、冬眠するように地底で眠るのだというぞ。何十年でも何百年でも眠りつづけるのだそうだ」

　パルス国の内陸部は冬の寒さがきびしく、雪も降る。パルス暦三二一年の一月から三月にかけて、かなりの大雪が積《つ》もったが、ちょうどアルスラーン一党はシンドゥラ国へ遠征していたため、かえって、快適とすら呼べる冬をすごせたのだ。もちろん気候だけの話であるが。

「彼奴《きやつ》らが冬眠から醒《さ》めて長くないとすると、たいそう腹をへらしているぞ。地上へ出たら人間を貪《むさぼ》り食うのではないか」

「そんなことはさせぬ」

短く、だが厳然として、クバードがいうと、それが一同の結論となった。

兵士たちには交替で眠るよう命じたが、五人の武将は起きたままだった。疲労してはいるが、神経が昂《たか》ぶり、眼がさえて、眠れそうにない。メルレインは身を横たえはしたが眠ってはいなかったし、他の四人は岩壁に背をあずけて、水を飲んだりしゃべったりした。あたかもそれが生きている証《あかし》であるかのように。

「生きて還《かえ》ったら、ペシャワールの守りをかためなくてはならんなあ」

クバードがたくましい腕を組む。

「おれは城を守っての戦いは得手《えて》ではないが、そんなことをいってる場合ではないからな」

将師としてのクバードの本領は、やはり攻城《こうじょう》野戦《やせん》にある。万騎長《マルズバーン》の称号にふさわしく、一万の騎兵を自在に駆使《くし》したものだが、とくに、波状攻撃を得意としていた。千騎ずつ十隊に分けた騎兵を、一撃離脱《いちげきりだつ》方式でつぎつぎと敵にたたきつける。走りぬける一隊を、敵が後方から攻撃しようとしても、そのときはあらたな一隊が殺到《さっとう》してきて、それに応戦しなくてはならない。走り去った一隊は、隊形をととのえつつ戦場を迂回《うかい》して帰陣《きじん》し、休息をとってつぎの出撃を待つ。

敵陣が崩壊するまで、これが何度でもくりかえされる。容赦ない破砕力《はさいりょく》を誇る戦法で、「クバードの車輪戦法」

と呼ばれた。クバードが独創したものではないが、この戦法をクバードはあざやかに使いこなし、かがやかしい武勲をかさねたのだ。

「まあ、いずれにしても生きてここを出てからの話だ。この地下にひしめく妖魔どもは、われらを皆殺しにしたあと、ことごとくペシャワールの城塞へ殺到《さっとう》する気のようだしな」

「そいつはまっぴらごめん《アスタグフエロッラー》」

こういうパルス語ほど、はやくおぼえる。シンドゥラ人であるジャスワントは、苦笑しながら、味のしない乾肉をむりやりのみ下した。

松明《たいまつ》の炎は消えないから、風の道があるにはちがいない。そう頭ではわかっていても、地底の道はいつ果《は》てるとも知れず、自分たちは魔宮からほんとうに脱出できるのかどうか、不安の水位が高まっていく。脱出するつもりで、じつは奥へ奥へとひきずりこまれていっているのではないか。

人と魔とでは、血の匂いも異《こと》なるようだが、それがまじりあって、芸香《ヘンルーダ》の香りまでもかき消すかのようだ。

「こうなれば葡萄酒《ナビード》を持ってくるのだったな。地上ではこれほど長く酒の杯から遠ざかったことはないぞ」

歎《なげ》いてみせてから、クバードは話題を変えた。

VI

「そもそも、蛇王ザッハークが再臨《さいりん》したとき、それを討ちとるのは、宝剣ルクナバードを所有する者に課せられた使命だ」

「つまり、アルスラーン陛下の？」

ジャスワントが確認する。クバードはうなずきもせず彼を見返し、まじめな声で問いかけた。

「シンドゥラ人よ、アルスラーン陛下が四年前にカイ・ホスロー王の陵墓《りょうぼ》で宝剣ルクナバードを入手あそばしたとき、おぬしはその場にいあわせたのだったな」

ジャスワントが「さよう」と答えると、期せずして、トゥースとイスファーンがいっせいに身を乗り出す。この場にいる武将たちのうち、アルスラーンが宝剣を入手する瞬間を目撃したのは、ジャスワントだけなのだ。そのありさまを彼はくわしく四人の僚将《りょうしょう》に語った。

「では疑いない。アルスラーン陛下は、再臨なった蛇王ザッハークを討ちはたすべく、宝剣を授《さず》かったのだ」

クバードがいうと、トゥースが、鉄鎖にこびりついた妖魔の血を布でぬぐい、あらたな芸香《ヘンルーダ》を塗りつけながら、かるく溜息《ためいき》をついた。

「わが国を侵掠したルシタニア軍を撃ちしりぞけただけでも、カイ・ホスロー王以来の武勲であろうに、蛇王ザッハークまでも討ちはたさねばならぬとは、アルスラーン陛下も重い荷をおせおいあそばすものだ」

「いや、ものは考えようだぞ、陛下の御名《みな》にともない、われらの名も歴史にのこる」

嬉《うれ》しそうに、また勇むように、イスファーンがいった。

「よい時代に生まれて、よい国王《シャーオ》におつかえできた。おれはそう思うぞ。ゾット族よ、おぬしはどうだ。おぬしはどのような考えで、陛下におつかえしている？」

眼をあけてメルレインは答えた。

「アルスラーン陛下は、おれを信用してくださる」

「それだけか」

「それだけで充分だ」

メルレインは瞼《まぶた》を閉ざしたが、すぐに開いて、めずらしく苦笑を洩《も》らした。

「もっとも、ゾット族たる身が、宮廷の禄《ろく》を食《は》むことになるとは思わなかったがな」

「おれもシンドゥラ国に生まれ育った身で、パルス国の宮廷につかえることになるとは思わなかった」

感慨《かんがい》をこめてジャスワントがいうと、イスファーンが指摘した。

「おぬしはシンドゥラ人だが、トゥラーン人もおるぞ」

「ジムサ卿か。あれもすこし変わった男だが、まあその点では、われらの軍師にしてからがそうだからな」

「今後もしかして、ルシタニア人やチュルク人やミスル人が、アルスラーン陛下におつかえするようなことも、あるかもしれんな」

「いくら何でも、ルシタニア人はなかろうが……」

そう応じたトゥースが、何かを思い出したように、鬚《ひげ》の伸びた顎《あご》をなでた。

「ふむ、忘れていた。四年前のことだが、聖《サン》マヌエルというルシタニア軍の城を陥《おと》したとき、やたらと元気な娘に出会った。女の身でルシタニア軍の騎士見習いだといっていたが、故国《くに》へもどって、さて今ごろどうしておるやら」

クーラが夫に質問する。

「トゥースさま、元気な娘とおっしゃいましたけど、どれくらい元気だったのでございます？」

トゥースが即答しなかったのは、この冷静沈毅《ちんき》な男にして、返答に窮《きゅう》したらしい。顎から手を離して苦笑する。

「そうだな、そなたたち三人を併《あわ》せたくらいだったかな」

「あら！　姉上、わたしたちは三人あわせてようやくルシタニア娘ひとり分なのですって。トゥースさまのお言葉、聞きずてなりませんわね」

クバードが声を放り出した。

「夫婦げんかは地上に出てからやってくれ」

じつは「痴話《ちわ》げんか」といいたかったのだが、妖魔の大群を前にして、つまらない揉《も》めごとを増やす気はない。パトナが妹をたしなめた。

「そうよ、クーラ、トゥースさまがこまるようなことをいってどうするの」

冗談にしては、いささかとげとげしいやりとりだった。聡明なトゥースの妻たちだが、いつはてるとも知れない地底の戦いで、多少は気が立つのもしかたない。クーラを責める気はクバードにはなかった。トゥースに対してクーラをとりなしてやろうと思い、彼女を見ると、ちょうどトゥースがクーラの髪をなでてやり、彼女がかがやくような笑みを夫に向けたところだ。

「あほらしい、四眼犬《シエムル》も食わんわい」

独《ひと》り身《み》の万騎長《マルズバーン》はたくましい肩をすくめて苦笑し、立ちあがると、兵士たちの間に歩み入った。

「さあ、すまんが起きてもらおう。いよいよ出口が近いはず。地上の光がわれわれを待っておるぞ！」

身を起こしはじめる兵士たちの肩や背中をたたきながら、クバードが呼びかけた。

「イスファーン卿、先頭に立ってくれ」

何かいおうとするイスファーンに、仔狼たちを指さしてみせる。

「人間より賢《かしこ》いそいつらに、正しい路《みち》を教えてもらいたいのだ」

「承知しました。火星《バハーラム》、土星《カイヴァーン》、いくぞ！」

イスファーンが走り出す。その左右を守護するように、少年期の若い狼たちが駆け出した。

「あの二頭、いますぐにでも百騎長ぐらいの待遇をしてやってよいな」

トゥースがいう間に、兵士たちは隊列をととのえ、人数を確認してから行軍をはじめた。

最後衛のジャスワントとトゥースが後方をかえりみる。松明《たいまつ》の光が前進するにつれ、後方にひろがる闇は、濃さと厚さを増していくようだ。妖魔どもも休息をとっていたかもしれないが、すぐにひしめきあいつつ、血に飢えた追撃を再開してくるであろう。

兵士のひとりが岩天井を見あげて不安の声を洩らした。

「やつら、おれたち全員、二千人をまとめて、この地底に生き埋めにする気ではなかろうな」

「岩盤がくずれれば、怪物どもも道づれだ。いくら何でも、そこまではするまい」

「するまい、とは、何者が？」

またしても異国人であるジャスワントが、核心を衝《つ》く。パルス人たちが主語を省《はぶ》くのは、極力《きよくりよく》、ザッハークの名を、口にしたくないからなのだ。

伝承によれば、ザッハークが地上に這《は》い出すためには、二十枚の巨大な岩板をとりのぞかねばならない。岩板一枚の厚さは、王都エクバターナの城壁の厚さに匹敵するといわれ、ザッハークの超絶的な力をもってしても、一枚をとりのぞくのに十五年を要する、といわれている。二十枚全部をとりのぞくのに、合計三百年かかる計算になるのだが、カイ・ホスロー王の登極《とうきよく》以来すでに三百二十五年。まさに「時は満ちている」のだ。いつ何がおこっても不思議はなかった。

地底の川は幅を広げ、以前の倍ほどになった。小石を投げてみて、流れがゆるやかになり、水深も浅くなっていることがわかった。

「魔との戦いに、パルスの神々は、人に力を貸してくださるのか？」

「神々は、あてにせんことだ」

不信心きわまる台詞《せりふ》だが、隻眼の万騎長《マルズバーン》は、馬上で振り向き、シンドゥラ人の疑問にそう答えた。

「聖賢王ジャムシードは、蛇王ザッハークのために惨殺された。神々は救ってくれなかった。ジャムシード王が栄華に驕《おご》って神々をないがしろにするようになったからだというが、さて、どんなものかな」

「カイ・ホスロー王も、ご自分の勇気と知略とで、蛇王ザッハークを打倒なさった。神々が激励してくださったとはいうが、激励なら人でもできることだ。いっそ神々などおられぬと思っていたほうがよいかもしれん」

ごく静かな口調で、トゥースが手厳しいことをいうと、ユーリンが夫に異議をとなえた。

「でも、ああやって魔の大群が実在いたしますもの。神々にも実在していただきとうございます」

「でなくては不公平だと？」

「ええ」

「おれは思うのだがな。神々が実在しないとすれば、人は自力で魔と戦うしかない。そして人は魔に勝てる」

クバードの声は高くも激しくもなかったが、力強く将兵の心に沁《し》みこんだ。兵士のひとりが問いかけた。

「勝てますか、人が魔に？」

「勝てる」

「どうしてそう断言できます？」

「人の世はこれまでつづいてきた。それこそが何よりの証拠だ。人が魔に勝てるという事実の」

おお、と、兵士たちが声をあげる。疲労と不安とに翳《かげ》っていた彼らの顔は、あらたな力を得たように明るさをとりもどした。まことに道理、人が魔に勝てぬわけがない、と、興奮して語りあい、うなずきあう。

どれほど知略に富んでいても、兵士の士気を鼓舞《こぶ》することができない者は、将帥としての器量を持たない。クバードにはそれが具《そな》わっていることを、同行の騎士たちは認めた。

ジャスワントが声をはげました。

「されば、かならず地上へもどって、また人が魔に勝つ実例をつくるといたそう」

「そのとおりだ。こんなところで死んでは、これからの戦いに参加できなくなる」

クバードが笑うと、おもしろくもなさそうに、メルレインが訂正した。

「これからではない、いまからの戦いだ」

「来るぞ！」という間もない。不吉な足音と不快な叫喚とが、たちまち肉薄《にくはく》してきた。

後方からにとどまらない。パルス軍の左側で、水を蹴る音がわきおこった。すっかり浅くなった川を、四眼犬《シエムル》の大群が押し渉《わた》ってくるのだ。

陣形をつくるよう指示して、クバードは気づいた。小さな荷車が空《から》になっている。

「芸香《ヘンルーダ》は!?」

「もうない、費《つか》いはたした！」

メルレインがどなり、弓をとって四眼犬《シエムル》の大群に矢を射こんだ。弓弦のひびきに応じて四眼犬《シエムル》が倒れ、水飛沫《みずしぶき》をあげる。

「射ればあたる、つまらん」

舌打ちするメルレインの横で、イスファーンとジャスワントが声をかわしている。

「もし蛇王の眷属《けんぞく》どもと全面的に勝敗を決することになったら、芸香《ヘンルーダ》を大量に生産する必要があるぞ」

「芸香《ヘンルーダ》はシンドゥラやミスルでも産する。輸入すればいいさ」

「ハッ！　シンドゥラ産の芸香《ヘンルーダ》は、さぞ高価《たか》くつくだろうよ。おなじ重さの黄金ぐらいになな」

舌を動かしつつ、手も休めない。足もとまってはいない。イスファーンもジャスワントもメルレインも、右に走り、左へ駆け、縦横に剣をふるい、槍をひらめかせる。後ろへ跳《と》んで呼吸をととのえると、前方へ躍り出て血煙を巻きおこす。

ジャスワントに左腕を斬り落とされた鳥面人妖《ガブル・ネリーシャ》が、何かわめきながらそれを拾いあげる。その瞬間に、反対側でイスファーンの剣が一閃し、左腕をつかんだままの右腕が鮮血の尾を曳いて宙に飛んだ。

両腕をうしなった鳥面人妖《ガブル・ネリーシャ》が地にころがって苦悶する。あわれと思う余裕などなく、つづいて躍り出てきた怪物を、一刀で斬りすてる。それが鳥面人妖《ガブル・ネリーシャ》であるか有翼猿鬼《アフラ・ヴィラーダ》であるか、確認する間もなく、あらたな敵を迎えうつ。疲労は激しく、呼吸は荒く、剣は鉛の小山と化したようだ。

もう限界だ。これまでか。

多くの人間たちがそう思ったとき。

髪が揺れ、涼気が顔をたたいた。

その意味を知ったとき、人間たちの眼に生気《せいき》がよみがえった。風が吹いたのだ。強い風が外から吹きこんできた。

外の世界が、彼らのすぐそばにあった。

VII

「外だ、外だ！」

狂喜の叫びが洞窟を埋めつくした。白い小さな光の島が闇に浮かんでいる。それへ向けて、人間たちは走った。反対に、妖魔たちはたじろぎ、追撃の足を急停止させる。

「すぐに出るな！」

浅い川に、臑《すね》の半ばまでつかりながら、クバードがどなった。大剣を水につけ、こびりついた血糊《ちのり》を洗い流す。

「うかつに外に出たら、日光で眼をやられるぞ。慎重に眼を慣らしてからだ。まず誰か先行してたしかめろ」

「では、おれが」

水飛沫《みずしぶき》をあげて、メルレインが走る。川はふたたび幅をせばめ、水音を強めながら、外の世界へと流れ出していた。

さいわい外は曇天《くもり》であった。ささやかな幸運というべきであろう。目をしばたたかせながらも、パルス軍は全員が地上へ出ることができた。兵士たちが抱きあって喜ぶなか、武将たちは地図と地形とを照らしあわせ、どうにか位置を確認する。

のんびり休息している暇はない。態勢をととのえた妖魔どもがペシャワールに襲来する前に、帰還せねばならないのだ。生存者を確認し、負傷者を車に乗せ、水を配ると、ただちにペシャワールへと帰還の途につく。妖魔たちは追ってこようとしなかった。

「おい、あれを見ろ！」

兵士のひとりが天の一角を指さしたのは、半ファルサング（一ファルサングは約五キロ）ほど地上を進んだころだった。

将軍たちは目をみはった。空を飛ぶ鳥の群れに見えたが、そうではない。異形の影は百ほどもあろうか、遠く離れた地平線の上を、何処《いずこ》へか向かって飛びつづけている。

「有翼猿鬼《アフラ・ヴィラーダ》もいれば、鳥面人妖《ガブル・ネリーシャ》もいるようだ。他にもいるかもしれん。空を飛ぶ怪物が勢《せい》ぞろいというところだな」

「空から襲撃してくるだろうか」

「こちらはこれだけの人数だ。うかつにしかけてはくるまい。だが、油断はできんな」

兵士たちに弓矢の用意が命じられた。地底での血戦で矢の多くを費《つか》ってしまい、兵士ひとりあたり六本しか残っていない。それでもまだ総数一万本にはなり、空を飛ぶ怪物たちと戦えるはずだった。

デマヴァント山からペシャワール城塞へと急ぎ帰還するパルス軍二千名のなかで、もっとも視力がすぐれているのはメルレインであろう。だからこそ弓の名手として知られる身なのだが、その彼が、鉛色の空の一角に視線を投げて、不審そうな声を洩らしたのであった。

「いったい何なのだ、あれは」

その声を、クバードが聴きとがめて、馬上で肩ごしに振り返った。

「どうした、ゾット族長？」

「族長代理だ」

「では、どうした、族長代理」

「あれだ」

手にした弓の先端で、メルレインは、空を飛ぶ怪物たちの群れを指《さ》した。距離は遠く、雲の流れが速く、クバードにはよく見えない。

「ひとつ、妙な形の影がある」

「怪物どもの群れだ、妙な影ばかりだと思うが、他の影とどうちがう？」

「遠いし動くので定《さだ》かではないが、翼のない影だ」

「翼がなくて、どうやって空に浮く？」

このような状況だが、四年前にダイラム地方でメルレインと知りあって以来、クバードはこの年少の僚将《りょうしょう》を、何かとからかいたくなる。

メルレインは笑いも怒りもせず、怪物の群れに視線をすえたまま答えた。

「何かに乗っている……吊《つ》りさげられているようだ。人間かどうかはわからんが、籠《かご》らしいものに乗っているぞ」

「ふむ……」

クバードは、視力に自信のある兵士を三名ほど呼び、メルレインの見たものを確認させた。三名とも、涙が出てくるまで空の彼方を凝視したが、はっきりした報告はできなかった。彼らの視力はわずかにメルレインにおよばなかったようだ。ついに正体が知れぬまま、空を飛ぶ不吉な影は雲の彼方へ消え去ってしまった。

夜になっても、満天の星の下、パルス軍は行軍をつづけた。すこしでも、デマヴァントの奇怪な山容《さんよう》から離れたかったのだ。ようやく休んだのは、二日めの陽が昇ってからであった。

地底での苛酷《かこく》な戦いにつづいて、この強行軍《きょうこうぐん》である。つぎつぎと脱落者が出て当然であったが、十頭ばかりの馬が力つきて倒れたものの、人は一名も欠けることなく、ペシャワールの城塞までたどりついた。

ペシャワール城の赤い砂岩の城壁が、兵士たちの眼には、この上なくたのもしく見えた。歓声があがり、人も馬も、どこから力がわきあがるのか、城門に向かって走り出す。城門の厚い扉が開くと、人馬は入城するというよりなだれをうってころがりこんだ。

計算してみると、地底の迷宮を彷徨《ほうこう》すること五日半、さらにペシャワールに帰り着くまで三日半を要している。六月二十八日の夕方であった。

ペシャワール城に帰還できなかった兵士の数は百二十二名。痛ましい犠牲ではあったが、

「よくまあ、これぐらいですんだものだ」

と、イスファーンやジャスワントは冷たい汗をぬぐったものである。

入城すると、留守中、城を守ってきた将兵に厳重な警戒を命じ、一同がとりかかったのは睡眠であった。若く剽悍《ひょうかん》なイスファーンもメルレインも、営舎《えいしゃ》にころがりこんで甲冑をぬぐと、そのまま寝台に倒れこんだ。

もっとも早くめざめたのはクバードであったが、それでも翌二十九日の午《ひる》であった。起き出して、彼はすぐひとりの男を呼んだ。

千騎長のモフタセブであった。クバードが城の留守をまかせていた年輩の武将である。

「では、ご指示どおり、ただちに城外の民をすべて収容いたします」

「いそいでくれ。日没までに収容をすませたい。手ぶらでよいから、ただちに入城させるのだ。それと、城内外からありったけの芸香《ヘンルーダ》をあつめろ」

ついでクバードは、千騎長バルハイに指示した。

「すまんが、城内の糧食の量を確認しておいてくれ。将兵だけなら一年は保《も》つはずだが、城内の人口が十倍になるからな」

これらの指示を、クバードは浴槽につかり、葡萄酒《ナビード》を飲み、骨つきの羊肉をたいらげながらおこなったのである。本人にしてみれば、時間が惜《お》しいからまとめてかたづけているだけの話であった。

「つぎに、すべての井戸に警備の兵を配置する。毒でも投《とう》じられたら、いくら糧食があっても役に立たんからな」

トゥースと三人の妻も宿舎から出てきた。熟睡からさめて入浴し、食事をすませ、洗濯した服に着替えて、俗にいう「生き返った気分」で城内を歩いている。クーラが赤い砂岩の城壁を内側から見あげた。

「どんなに高い城壁でも、飛びこえてこられたらお終《しま》いでしょう、トゥースさま？」

「そうでもないぞ、クーラ」

きれいに剃《そ》ったばかりの顎《あご》をなでるトゥースだった。

「城壁があれば、やつらは飛びこえてこなくてはならぬ。城壁上に弓箭兵《きゅうせんへい》をならべ、弩《おおゆみ》を設置し、空に向けて矢の幕を張れば、かなり効果があるはずだ」

クバードの住居をめざして歩きながら、陽の光にトゥースは眼を細めた。

「むしろ気をつけねばならんのは、下の方向だ。怪物どもを指揮統率する者がいるとすれば、われわれの注意を空に向けさせておき、地道《トンネル》を穿《うが》って地下から攻撃してくるのではないかな」

「その逆もありえますね」

「ま、そういったことはクバード卿のところで、全員そろって話しあうとしよう。いくら何でも、みんなそろそろ起き出しただろう」

ペシャワールの城内には、避難民を収容するための建物がいくつもある。東方遠征の際には、十万以上の兵が駐留することもあるのだから、兵営にも余裕がある。城外の民をすべて収容できるはずであった。彼らを収容する建物の扉や窓に芸香《ヘンルーダ》を塗るのは当然のことである。

クバード、メルレイン、イスファーン、ジャスワント、トゥースと三人の妻が、さっぱりした顔をそろえて会議がはじまる。

避難民のうち、十七歳から五十歳までの壮健《そうけん》な男で、希望する者には、槍が支給されることになった。女、子ども、老人、病人はそれぞれ別々に収容し、責任者を置く。食事も集団ごとにおこなう。つねに人数を確認し、定期的に連絡させる。

会議がすむと、クバードは城内の全将兵をあつめて訓示をおこない、略式ながら戦死者の慰霊をすませた。

さらにクバードは、とくに馬術にすぐれた兵士九名を選抜し、三名をひと組として、三組の急使を王都エクバターナへ走らせた。武器は剣と弓のみで、甲冑も着用しない。ひたすら西へ走り、中間点に近いソレイマニエあたりで馬を替える。ソレイマニエの官衙《ディーワーン》からは八方に使者を飛ばして、各地方に警戒を呼びかけることになる。

城門を駆けぬける使者たちのあとに、芸香《ヘンルーダ》の香気がのこされた。服にも馬具にも、芸香《ヘンルーダ》がたっぷり塗りこまれているのだ。九騎のうち一騎でも、ソレイマニエまでは生きてたどり着かねばならない。彼らの任務は重大であり、眉宇《びう》には決死の色がたたえられていた。

西の城壁上に立って、クバードらは使者たちを見送り、無事を祈った。落日の時刻である。太陽は灼熱《しやくねつ》した赤黄色の円盤となって、下端を地平線に接している。

使者たちの姿が地平線に消えさると、クバードは城壁を下りた。他にもやるべきことが山積《さんせき》しているのだ。他の武将たちも、砂岩づくりの階段を下りはじめたが、途中で足をとめたのは、トゥースの三人の妻のひとり、長女のパトナだった。不審そうに、すぐ下の妹に呼びかける。

「どうしたの、クーラ?」

次女のクーラは城壁上を動かず、石像のごとく立ちつくしている。姉の声に振り向いたが、落日の光を受けた顔がこわばっていた。

「いまは夕方ですよね、姉上」

「そうね」

うなずいてから、わずかに苦笑して、パトナは階段を上り、妹に歩み寄った。

「すくなくとも、朝ではないわね。で、それがどうしたの?」

いつもは鋭く慧《さと》い次女が、おかしいくらい緊張している。笑顔をつくろうともせず、いうことがまた奇妙だった。

「いま太陽は西にあります」

「ええ、下の端が地平線についたところ。まるで黄金の円盤みたい……というには、すこし赤すぎるわね」

妹の気分をやわらげようとして、パトナは失敗してしまった。

「ちょっと、クーラ、どうしたの、あなた、慄《ふる》えてるの!?」

思わず声を大きくして、パトナは妹の腕をつかんだ。掌《てのひら》に慄えがつたわってくる。

「姉上、いまは夕方で、わたしたちは西の城壁の上に立って、落日をながめています。それなのに、どうして、城壁の影が西に伸びているのですか」

慄える指が、地上の影を指さす。

「あの影は、いったい何なのですか、姉上!?」

黒々とわだかまる影は、ペシャワール城の西にひろがる曠野《こうや》の半ばを埋めつくしているようだ。それを見やって、パトナは声を出せない。

「姉上がた、何をなさってるの?」

下の妹の声がした。たのもしい同行者がいることは、声がしなくてもわかった。

「トゥースさま!」

異口同音《いくどうおん》に叫んで、パトナとクーラは夫に駆け寄った。

「どうした、何があったのだ?」

半ばは問いかけ、半ばはなだめる声だ。せきこむようにパトナとクーラが事情を語りはじめると、話の半ばでトゥースの表情が変わった。

「三人とも、すぐ城壁をおりなさい。クバード卿や他の人たちに、急を報《しら》せるのだ!」

一瞬、立ちすくむ三人を、叱《しか》りつけるようにせきたてる。走り出す三人から城外の影に鋭く視線を投げつけて——トゥースは見た。

影が動いた。蠢動《しゅんどう》から躍動へ、すさまじい勢いで急変した。曠野の半ばを埋めつくしていた影は数千数万の黒影《こくえい》に分断され、地表から躍りあがった。雷鳴さながらに耳をたたくのは、皮の翼が宙を打つ音だ。

落日を背に、赤い空一面にむらがる無数の黒影。

それが、人と魔とによる凄惨《せいさん》なペシャワール攻防戦のはじまりを告げる光景であった。

解説

千街晶之《せんがいあきゆき》
（ミステリ評論家）

田中芳樹の〈アルスラーン戦記〉の十一巻目である本書『魔軍襲来 アルスラーン戦記⑪』（二〇〇五年九月、光文社カッパ・ノベルス）は、この大河ファンタジー小説にとって再起動の一冊ということになる。また現在、〈アルスラーン戦記〉は漫画・アニメ・ゲームといったさまざまな方面でメディア展開が行われている一方、原作小説は完結を間近に控えているという状況にある。というわけで、本稿は従来の文庫解説とは趣《おもむき》を変えて、本篇から派生した二次創作も含め、長い歳月のあいだに拡がった〈アルスラーン戦記〉の世界をガイド形式で俯瞰《ふかん》することにしたい。

……と記したものの、角川文庫版からの読者はともかく、版元が光文社に移行してからの読者の中には、「再起動」の意味がぴんと来ない方もいるかも知れない。振り返れば、一巻『王都炎上』が角川文庫から書き下ろしで刊行されたのは一九八六年のことである。既に三十年もの歳月が流れているのだ。

この角川文庫版は、十巻『妖雲群行《よううんぐんこう》』（一九九九年）まで刊行された。そのあとを引き継いだ版元が光文社カッパ・ノベルスである。まず二〇〇三年に一巻『王都炎上』と二巻『王子二人』が合本で発売され、次に三巻『落日悲歌』と四巻『汗血公路《かんけつこうろ》』が合本で……といった具合に、角川文庫で既刊の十巻までは合本として刊行され、カッパ・ノベルスでの初の（そして、角川文庫版の十巻からは六年ぶりの）書き下ろしとなる十一巻『魔軍襲来』以降は、合本ではなく一巻ずつ刊行が続いている。本書が再起動の一冊であると記した所以《ゆえん》である。

　ストーリー上の構成で言えば、パルス王国が敵国ルシタニアに大敗を喫し、戦場から落ちのびた王太子アルスラーンが王都エクバターナ奪還のために立ち上がる一巻『王都炎上』から、アルスラーンが国王《シャーオ》として即位する七巻『王都奪還』までが第一部、八巻『仮面兵団』以降が第二部ということになる。ただ、本稿では、角川文庫版の十巻までが執筆期間の第一期、光文社に移行してからの十一巻以降が第二期という分類を試みたい。何故そうするのかというと、この第一期・第二期それぞれに、原作小説から派生したメディア展開が存在し、しかも第一期のメディア展開が第二期のそれに影響を与えていることの説明のためである。

　まず第一期のメディア展開だが、最初の試みは、一九八八年から発売されたカセットブツク版である。主な声優はアルスラーン役が関俊彦《せきとしひこ》、ダリューン役が鈴置洋孝《すずおきひろたか》（途中から田中秀幸《たなかひでゆき》）、ナルサス役が大塚芳忠《おおつかほうちゅう》。〈アルスラーン戦記〉のメディア展開としては、現在最もレアなものかも知れない。

だが第一期のメディア展開の多くは、原作の冊数がある程度増えた一九九〇年代に入ってから作られている。一九九一年と翌九二年には劇場版アニメ映画が松竹配給で一作ずつ制作され（原作の一巻～三巻をアニメ化）、九三年から九五年にかけては、その続きのＯＶＡが四本制作された（原作の四巻～五巻をアニメ化）。監督は浜津守《はまつまもる》（ＯＶＡ版二作目のみアミノテツロー）、脚本は劇場版一作目が宮下知也《みやしたともや》と高田《たかだ》かおり、劇場版二作目以降は杉原《すぎはら》めぐみが担当した。主な声優は、アルスラーン役が山口勝平《やまぐちかっぺい》、ダリューン役が井上《いのうえ》和彦《かずひこ》、ナルサス役が塩沢兼人《しおざわかねと》という顔ぶれである。ナルサスの住処《すみか》を訪れたカーラーンの部下がおとなしく帰ったり、カシャーン城の奴隷解放のエピソードが駆け足だったり（城主のホディールは登場しない）、シンドゥラの王位継承をめぐる神前決闘でダリューンが敵の戦士バハードゥルにとどめを刺さないなどの改変はあるものの、おおむね原作の流れを追っており、中断したのが惜しまれる。

また、この時期には中村地里《なかむらちさと》による漫画版も存在している。少女漫画雑誌《ＡＳＵＫＡファンタジーＤＸ》に連載され、あすかコミックスＤＸから全十三巻で刊行されたもので

（一九九一年〜九六年）、原作小説の七巻『王都奪還』までを漫画化している。

一九九一年には、〈アルスラーン戦記〉角川文庫版のイラストを担当していた天野《あまの》喜孝《よしたか》の画集『天馬之夢——アルスラーン戦記』が角川書店から刊行されており、田中芳樹による詩も掲載されている。一九九三年にはセガ・エンタープライゼスより、劇場版アニメを原作とするメガCD用シミュレーションRPGが発売された。

〈アルスラーン戦記〉をもとにしたメディア展開は、その後、原作小説が一旦中断したこともあってしばらく途絶える。カッパ・ノベルスに移行して原作が再開した第二期のメディア展開は二〇一〇年代に集中しているが、その嚆矢《こうし》となったのは、『鋼の錬金術師』で知られる人気漫画家・荒川《あらかわ》弘《ひろむ》による漫画化の試みで、《別冊少年マガジン》二〇一三年八月号から連載が始まり、二〇一六年七月現在、コミックスが五巻まで刊行されている。先述の中村地里版が少女漫画だったのに対し、荒川版は少年漫画的な絵柄であり、掲載誌のカラーや描き手の資質による仕上がりの相違が興味深い。荒川版は原作を丁寧に追いつつも随所に改変が施《ほどこ》されているが、特に目につくのは、原作小説では四巻の聖《サン》マヌエル城攻防戦のくだりまで登場しないルシタニアの見習い騎士エトワール（エステル）を早い段階から登場させ、第一次アトロパテネ会戦以前のアルスラーンと対面させている点だろう。

この漫画版を直接的な原作として、二〇一五年四月からTBS系でアニメ『アルスラーン戦記』の放映が始まった（といっても放映開始当時、漫画版は原作小説の序盤までしか到達していなかったため、それ以降の展開は、制作陣が田中・荒川と相談した上でのオリジナル展開となっている）。主な声優は、アルスラーン役が小林裕介《こばやしゆうすけ》、ダリューン役が細《ほそ》谷佳正《やよしまさ》、ナルサス役が浪川大輔《なみかわだいすけ》。原作の四巻『汗血公路』の第四章で描かれる聖マヌエル城攻防戦の時点で二〇一五年九月に一旦放映終了し、二〇一六年七月から放映がスタートした続篇『アルスラーン戦記　風塵乱舞』は同書の第五章以降を扱っている。一九九一年の劇場版アニメが原作小説通り第一次アトロパテネ会戦から始まっているのに対し、こちらのアニメは荒川版の漫画が原作なので、第一話でエトワールとの出会いが描かれるが、そこで登場した街の子供たちが第二話の第一次アトロパテネ会戦で兵士として再登場するなど、アニメ版オリジナルの追加エピソードも随所に見られる。また、ヒルメスの出番を増やすことで、彼のキャラクターを深く掘り下げているのもアニメの特色だ。ヒルメスの正体を知る老将バフマンが原作小説ではシンドゥラで落命するのに対し、アニメではペシャワール城塞でのアルスラーンとヒルメスの対面の際に死亡するのは、先述の劇場版アニメで、やはりバフマンが同じシーンで死亡していたのを意識した脚色だろうか。

　このアニメ版の監督は阿部《あべ》記之《のりゆき》、シリーズ構成は上江洲《うえず》誠《まこと》だが、阿部は先述の一九九三年のメガCDゲームにスタッフとして関わっていた。また上江洲は小学生の頃、当時としては珍しい若者向けファンタジーということで、角川文庫で出ていた原作小説に夢中になったという（九巻『旌旗流転《せいきるてん》』光文社文庫版巻末の阿部と上江洲の対談を参照）。

荒川の漫画版から派生したもうひとつのメディア展開であるゲームでは、大量の敵を薙《な》ぎ倒すことを特色とするバトルアクションゲーム〈無双シリーズ〉の一作としてコーエーテクモゲームスから二〇一五年に『アルスラーン戦記×無双』が発売された。第一次アトロパテネ会戦から聖マヌエル城攻防戦までの戦闘エピソードをほぼフォローした内容になっている。絵筆を執《と》って戦うナルサスが見られるのはこのゲームくらいだろう。また二〇一五年にはボードゲームがタカラトミーから発売され、二〇一六年にはスマートフォン用ゲームアプリとしてヒロイックRPG『アルスラーン戦記　戦士《マルダーン》の資格』が登場したが、いずれもアニメ版のキャラクターデザインをもとにしている。一方、アールアールジェイのオーディオブックストア「kikubon」で二〇一五年から配信されているオーディオブックは、原作小説を声優の下山吉光《しもやまよしみつ》が朗読したものである。

原作の人気がメディア展開を生み、そこから更に別のメディア展開が派生する……といった具合に、〈アルスラーン戦記〉の世界が原作小説から枝分かれしつつ、世代を超えて愛され続けていることが、これらの二次創作の歴史を振り返ることで判明する。アルスラーンをはじめとする登場人物たちのヴィジュアル・イメージからして、角川文庫版イラストの天野喜孝、カッパ・ノベルス版イラストの丹野忍《たんのしのぶ》、光文社文庫版イラストの山田章《やまだあき》博《ひろ》、旧アニメ版キャラクターデザインの神村幸子《かみむらさちこ》、旧漫画版の中村地里、新漫画版の荒川弘（新アニメ版キャラクターデザインはほぼこれを踏襲）など何種類も存在し、それぞれにファンがいる状態だ。ある程度原作小説に忠実なメディア展開といえども、長大な原作のすべてを再現できるわけではない以上、そこには二次創作を担当するクリエイターによる取捨選択や新解釈が必ず入るし（例えば、アルスラーンと互いに相対化する存在としてのヒルメスの重要性に着目すれば新アニメ版のようになるし、戦闘の要素を重視すれば『アルスラーン戦記×無双』のようになる）、そういった新解釈がなければ二次創作の意味などないとも言える。そして、それらの多様な解釈自体が、多少の改変で面白さが削《そ》がれるような原作ではないということの証明にもなっている。

〈アルスラーン戦記〉の魅力といえば、アルスラーンの頼もしい味方である勇士ダリューンや軍師ナルサスたち、あるいは敵役のヒルメスやギスカールらといったキャラクター造型の秀逸さや、ストーリーの波瀾万丈ぶり、作中の各国それぞれの政治体制を細部まで作り込んだリアリティなど挙げていけばきりがない。だが個人的には、封建的な舞台背景の中で、奴隷解放など時代を先取りした理想と思想を持つ現代的キャラクターであるアルスラーンが、本人も成長しつつ周囲を魅了してゆくという伝統性と斬新さを兼ね備えた基本設定にこそ、この物語が古びない最大の理由があるのではないかと思っている。それは、〈アルスラーン戦記〉が世代を超えて支持を拡大し続けている理由とも、どこかでリンクしているに違いないのである。

〈アルスラーン戦記〉は、二〇一六年時点の最新刊である十五巻『戦旗不倒《せんきふとう》』の次巻、つまり十六巻で完結することが既に発表されている。中断期間はありつつも三十年間書き継がれた大河小説の完結という一大事件を、私たちは間もなく目にすることになるのだ——角川文庫時代からの読者もカッパ・ノベルスや光文社文庫からの読者も、漫画やゲームやアニメから入門したひとも。その日が来るまで、本稿を参考にして原作小説と二次創作の広大な世界に旅立ち、〈アルスラーン戦記〉という物語の魅力をさまざまな角度から味わい尽くしていただきたい。

●二〇〇五年九月　カッパ・ノベルス刊

光文社文庫

魔《ま》軍《ぐん》襲《しゅう》来《らい》　アルスラーン戦《せん》記《き》⑪

著　者　　田《た》中《なか》芳《よし》樹《き》

2016年8月20日　初版1刷発行

発行者　鈴　木　広　和
印　刷　慶　昌　堂　印　刷
製　本　ナショナル製本

発行所　株式会社　光　文　社
〒112-8011東京都文京区音羽1-16-6
電話　(03)5395-8149　編　集　部
8116　書籍販売部
8125　業　務　部

ISBN978-4-334-77332-8　Printed in Japan

組版　慶昌堂印刷

お願い　光文社文庫をお読みになって、いかがでございましたか。「読後の感想」を編集部あてに、ぜひお送りください。

　このほか光文社文庫では、どんな本をお読みになりましたか。これから、どういう本をご希望ですか。どの本も、誤植がないようつとめていますが、もしお気づきの点がございましたら、お教えください。ご職業、ご年齢などもお書きそえいただければ幸いです。当社の規定により本来の目的以外に使用せず、大切に扱わせていただきます。

光文社文庫編集部